大展好書 好書大展

大展好書 好書大展

精選系列22

琉球戰爭(1)

新·中國-日本戰爭(七)

森　詠／著
林雅倩／譯

大展出版社有限公司
DAH-JAAN PUBLISHING CO., LTD.

目錄

●主要登場人物●

日本

〈**北鄉家**〉

北鄉正生　父　外務省顧問　已退休　財團法人國際開發中心理事
美智子　母
譽　外務省北京日本大使館一等書記官（N機關情報部員）
涉　海幕幕僚　三佐
勝　業餘翻譯　曾在上海大學留學
弓　志向繪畫　北京大學文學部比較文學科留學

〈**政治家、官僚**〉

濱崎茂　首相
北山誠　內閣官房長官
青木哲也　外相（外務大臣）
栗林勇　防衛廳長官
川島弘一　通產相（通商產業大臣）

向井原一進　内閣安全保障室長　前統幕議長（N機關局長）

〈自衛隊〉

新城克昌　統幕作戰部長

河原端大志　綜合幕僚會議議長　陸軍將領

中國

〈劉家（客家）〉

劉達峰　祖父　八路軍上校

劉大江　父　人民解放軍海軍少將　海軍參謀長

　玉生　妻

　小新　長男　人民解放軍陸軍中校

　曉文　長女　事務員

　汝雄　次男

劉重遠　劉小新的叔父　香港企業家

　進　目前在北京大學留學

〈中國共產黨、政府〉

江澤民　國家主席、總書記、中央軍事委員會主席
喬　石　全人代委員長

〈總參謀部作戰總部（民族統一救國將校團）〉

秦　平　陸軍中將　總參謀部作戰部長　新黨政治局員　軍事委員會秘書長
楊世明　陸軍上校　總參謀部作戰室長
賀　堅　陸軍上校
汪　石　陸軍上校
黃子良　陸軍上校　作戰主任參謀
周志忠　海軍上校
何　炎　空軍上校
卓康勝　空軍少校

（駐守香港人民解放軍）

楚特立　陸軍少將　司令
趙文貴　陸軍上校　參謀長

〈廣東軍〉

（第四十二集團軍）

徐有欽　陸軍中將
白治國　陸軍少將
王　捷　陸軍准將
崔　南　陸軍准將
孫光覽　陸軍上校
遲勃興　陸軍上校
姚克强　陸軍上校
胡　英　陸軍中尉
鍾　揚　空軍少尉

（第四十一集團軍）

阮德有　陸軍中尉
任維鎮　陸軍少尉

〈廣東政府〉

趙紫陽　廣東省的實力者
朱森林　廣東省委員長
謝　非　廣東省委員會書記

〈其他〉

于正剛　廣州人　前爲軍人　企業家（暗地從事走私）
趙忠誠　汽車解體工廠廠長　上海游擊隊隊長
王　蘭　王中林的女兒　暱稱小蘭
姜敏男　謎樣的企業家
羅立貴　上海公安局幹部
齊恒明　中國學生　反政府活動家
范鳳英　中國學生　反政府活動家

臺灣

李登輝　總統　國民黨
呂　玄　行政院院長
薛德餘　外交部長
謝　毅　國防部長　軍政
朱孝武　參謀總長　軍令
高　明　國家保安局長

錢建華　負責安全保障問題輔佐官
董治中　軍情報部長
袁元敏　國共合作派革命政府總統
孟景藻　海軍司令官　海軍上將
周士能　空軍司令官　空軍上將

〈劉家（客家）〉

劉仲明　中華民國軍准將　劉小新的叔父

美國

哈瓦德・辛普森　總統　共和黨
約翰・吉布森　國務卿　新門羅主義者
巴納德・格里菲斯　安全保障問題總統特別輔佐官　對日穩健派
邁亞・耶爾茲巴克　安全保障問題總統特別輔佐官　對日强硬派
德納爾德・漢斯　國防部長
湯瑪斯・荷南　國家安全局（ＮＳＡ）局長　原美韓聯合軍司令官
艾德蒙・加納　ＣＩＡ長官

俄羅斯聯邦
黑龍江省
哈爾濱
蒙古
長春
吉林省
內蒙古自治區
瀋陽
遼寧省
朝鮮民主主義人民共和國
北京
霍夫霍特
銀川
河北省
天津
太原
石家莊
寧夏回族自治區
大韓民國
濟南
山西省
山東省
西安
鄭州
江蘇省
日本
陝西省
河南省
合肥
南京
上海
湖北省
安徽省
杭州
武漢
南昌
浙江省
貴陽
長沙
湖南省
福州
貴州省
江西省
福建省
台北
台灣
廣西壯族自治區
廣東省
廣州
南寧
香港
海口
海南省
菲律賓

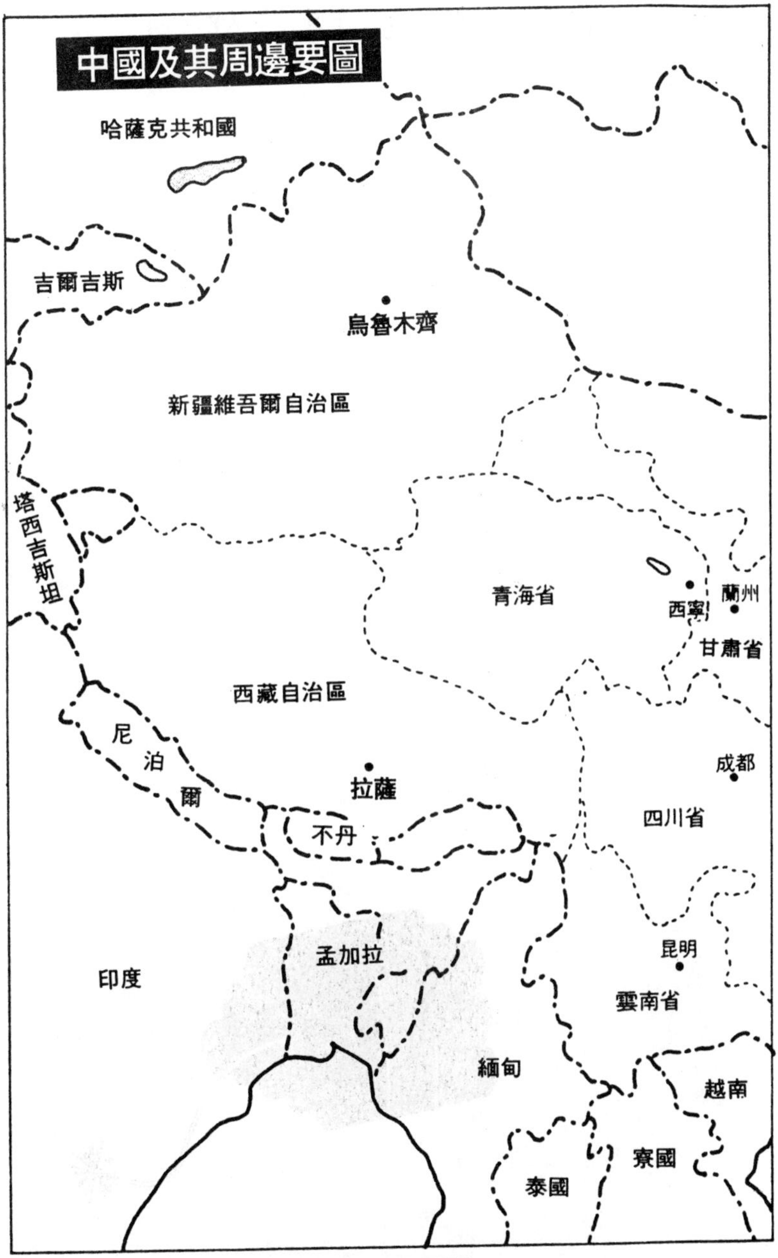

中國及其周邊要圖
哈薩克共和國
吉爾吉斯
烏魯木齊
新疆維吾爾自治區
塔西吉斯坦
青海省
西寧
蘭州
甘肅省
西藏自治區
尼泊爾
拉薩
不丹
成都
四川省
孟加拉
印度
昆明
雲南省
緬甸
越南
寮國
泰國

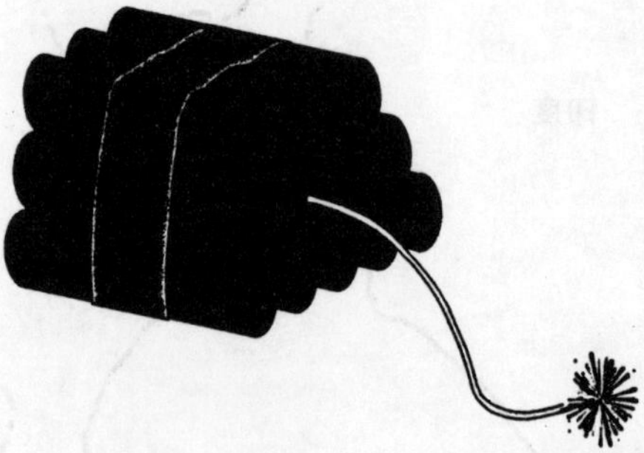

第一章 釣魚台(尖閣群島)的暴風雨

1

釣魚台空域　8月2日　10時

白雲海的上方，是一片蒼穹。

美國海軍第七艦隊航空母艦獨立號搭載的第五航空團（ＣＶＷ－５）第一五四戰鬥飛行隊（ＶＦ－１５４）黑騎士的Ｆ－14Ａ／Ｂ雄貓迎擊戰鬥機隊散開，進入攻擊狀態。

「發射！」

三號機的約翰・克拉克海軍上尉，按下操縱桿的飛彈發射鈕。

Ｆ－14Ａ／Ｂ雄貓翼下有四枚對空飛彈ＡＩＭ－54不死鳥冒出白煙。機體突然變輕。一號機、二號機及四號機也發射了麻雀飛彈。

並沒有直接看到敵機編隊的影子。但是，偵測雷達捕捉到了機影。十六枚飛彈拖著白煙尾，朝向敵機飛翔而去。

在數公里遠的黑騎士B、C編隊，也應該發射了空對空飛彈不死鳥吧！AB兩編隊發射的飛彈總計三十二枚。

目標位置在方位三〇五、距離五十五英里（約一百公里）處。而不死鳥到達目標爲止的時間還有二分二十七秒。

AIM—54不死鳥是屬於射程一百五十公里的長距離空對空飛彈。未到達中途之前，是以半自動雷達誘導方式，以及慣性飛行的方式飛行，而在最後階段則是以自動雷達追蹤搜索目標，追蹤擊毀。因此發射之後，必須照射雷達一陣子加以誘導才行。

第一一五早期警戒飛行隊（VAW—115）的早期警戒機E—2C鷹眼的情報顯示，敵機編隊是中國空軍的J—7Ⅱ（殲擊—7Ⅱ）三十六架。J—7Ⅱ是中國將米格—21型加以改良，提升力量，更新電子裝置的噴射戰鬥機。性能當然比米格—21更棒。

美國海軍F—14A/B雄貓認爲那是上一代前的戰鬥機。所以一對一的格鬥戰，J—7Ⅱ當然敵不過F—14A/B。

但是，就算是舊式的戰鬥機，可是如果數目較多，即使是駕駛最新的戰鬥機，也不能掉以輕心。現代的空戰由於空對空飛彈的發達，能夠從長距離開始對戰。所以決定勝負的並不是飛機機動性能的差距，而在於所使用的火器管制裝置或飛彈性能的差距。

「α，準備第二次攻擊！」

聽到隊長機的命令。

「二！」「三！」「四！」

克拉克海軍上尉配合麥克風檢查武器。HUD顯示的是長距離飛彈攻擊方式。

克拉克海軍上尉，將目標鎖定在顯示於雷達顯像機的敵機第一編隊中的幾架飛機。

F－14A／B雄貓裝配著AN／AWG－9雷達火器管制裝置，最大探測距離約達一百一十五海里，能夠同時搜索追蹤距離九十海里遠的二十四個目標，可以對其中任意六個目標發射長距離飛彈不死鳥。

F－14A／B機體下方各搭載了四枚，而在翼下標塔各搭載了一枚不死鳥飛彈。六枚中已發射四枚，剩下二枚。

克拉克上尉選擇兩個目標。雷達的游標與敵機機影重疊。

聽到電子音發出嘰嘰嘰的響聲，HUD顯示雷達鎖定。

「鎖定！」

克拉克上尉大叫著。不死鳥捕捉到了目標。

『發射！』「發射！」

克拉克上尉在隊長機下命令的同時，按下飛彈發射鈕。從兩翼下標塔立刻射出了不死鳥飛彈。點燃火箭發射器，猛然冒起白煙，朝向虛空的目標挺進。

『ACM準備（準備接近空中戰）！』

聽到隊長機的指示。

武器裝置變成了自動短距離飛彈攻擊方式。翼端各搭載了一枚AIM—9M響尾蛇飛彈。響尾蛇飛彈射程約八公里。

『與敵機第一編隊的距離是四十英里。第二編隊距離五十英里……』

聽到來自鷹眼的通報。

偵測雷達上，映出四個敵機編隊。

中國空軍第一編隊有三十八架、第二編隊四十二架、第三編隊二十六架、第四編隊三十八架，合計一四四架。根據鷹眼的報告，第二編隊以下都是J—7、J—7Ⅱ戰鬥機的編隊。而從大陸沿岸各地區來看，後續的敵機編隊陸續到達。

敵人中國空軍的編隊通過釣魚台上空，迂迴臺灣海峽由北南下，朝向臺北。打算開始對臺灣進行軍事侵略。

以往監視中國空軍軍機的動態，任務只是加以威脅而已。但是爲了支援臺灣軍隊，終於接到了對於侵略臺灣的中國空軍軍機進行攻擊的命令。

時候終於到了！等待的就是戰鬥。以往反覆的訓練，爲的就是這個時刻。

克拉克上尉，就好像是頭一次面對實戰的武者一樣，非常興奮。

以往只能看著友軍日本海空軍和侵犯領海的中國海軍艦艇，或者是侵犯領空的飛機進行交戰而已。如果日本空軍處於劣勢，才能進行支援攻擊，不過，日本空軍每次都戰勝中國空軍，輪不到自己出場。

這一次真正接到了攻擊命令。而且一定要將狙擊的獵物擊毀。

黑騎士要攻擊的是敵人第一編隊的三十八架飛機。敵人第二編隊則由距離二十公里遠，在北邊的五航空團的第二一戰鬥飛行隊（VF—21）自由人的F—14A/B編隊加以攻擊。

在距離東方不到十公里處，F/A—18C大黃蜂戰鬥攻擊機的第一九二戰鬥攻擊飛行隊聞名世界黃金冒險，則攻擊第三編隊。而第一一五戰鬥攻擊飛行隊老鷹負責攻擊敵人第四編隊。

『敵人第一編隊改變方向，對於我方的攻擊進入迎擊狀態。距離三十五英里。』

聽到早期警備機的女性通話員的聲音。

克拉克上尉，隔著座艙罩望著左右的僚機。

『高度爲三萬七千！』「收到！」

下達命令。克拉克上尉簡短地回答，拉起操縱桿。機身好像被吸入蒼穹一般。克拉克上尉感覺好像向天空射精似地充滿快感。

2

『多數飛彈接近！』

早期警戒管制機「黑鷲」發出了警報，傳入通話器中。

「什麼？美軍開始攻擊了嗎！」

南京空軍第一二戰鬥機師團第九飛行大隊第五飛行中隊的章上尉嚇了一跳。

『全機進入迎擊狀態！』

聽到大隊長機的命令。章上尉一邊回答，同時拉起殲擊7Ⅱ型的操縱桿開始上升。

『敵人飛彈！方位一〇五、距離六十公里。』

機上雷達也映出了敵機發射飛彈的影子急速接近的影像。因爲對方保持警戒，所以不知道美軍真的會以軍事介入。一旦介入的話，一開始就應該進行對臺灣的空運。

但是美軍比日本更沒有展現阻礙中國軍隊進攻的意圖，因此感到安心。

「敵機是雄貓編隊！五架直接發動攻擊。」

敵人是第七艦隊航空母艦「獨立」的艦載機F—14雄貓。

「放下增槽！」

章上尉回答，放下增槽。槽不斷旋轉，脫離機體落下。

「該死的畜生！想試試看嘛！」

章上尉大吼著。實戰尚未開始，以往只是和臺灣空軍軍機交戰，擊毀了一架飛機而已。而敵機是F104G，不像F—14一樣是最尖端的飛機。

以我們這種劣勢武器，怎麼可能打倒他們的優勢武器呢？

這是中國空軍最擔心的事情。但是，飛彈性能的差距真的深不可測。搭載在機體或翼下的我方最新型國產飛彈PL—9「空鷹」，是最大射程五公里的短距離飛彈，敵人還遠在射程外。而敵機卻具有一百公里以上長射程的高性能飛彈。

「飛彈接近！距離三十。」

「黑鷲」的管制官告知。

高度一萬公尺。速度馬赫一・二。

上空的藍天變成晦暗的深藍色。章上尉按下干擾彈發射裝置的開關。隨時都可以發射銀箔雲，是干擾敵人自動雷達裝置的設備。

看著左右的僚機，飛行大隊散開，因此，附近可以看到的只有第一、二號機、四號機及後方的五、六號機。全機進入迎戰狀態，等待敵機接近射程內。

雲間可以看到湛藍的海洋。朝向臺灣本島的大船團劃出幾道白色的航跡，留在海洋上。

現在，小紅在做什麼呢？

戰爭開始之前，想起在基地入口與自己分手的小紅的身影。爲了小紅，這次的戰爭一定要獲勝才行。

操縱席前方的計器盤上貼著自己和小紅拍的照片。章上尉對照片中的小紅送出一個飛吻。

『飛彈接近！距離一〇。全機準備閃躲。』

傳來早期警戒管制機「黑鶩」的通報。

終於到了能夠看到飛彈的時刻。章上尉盯著雷達影像機，看到敵人飛彈的影子點點迫近。

3

「不死鳥到達時刻！」

鷹眼通話員冷靜告知。克拉克上尉看著映在HUD上的目標影子。兩、三個影子從雷達螢幕上消失。接著第四、第五個影子也消失了。

擊落！HUD上映出兩枚自己所發射的飛彈命中標識。

太棒了！克拉克上尉高舉雙手，做出勝利的手勢。將信號傳給僚機，僚機也同時做出了勝利的手勢。

「擊毀七架敵機！還在攻擊中。」

聽到通話員靜靜的聲音在通話器響起。克拉克上尉用雷達找尋下方的敵機。

終於，擊毀一架的標識又亮了起來。這麼說來，我擊毀了三架飛機囉！

「擊毀十四架！」

聽到通話員興奮的聲音。雖是戰術航空師，但是這位女性對於擊毀的成果似乎興奮不已。

敵人第一編隊的J—7Ⅱ三十六架飛機，已經減少爲二十二架。接著，就是要在接近空中戰爭徹底地擊毀敵機。

『敵機接近！距離十英里。全機警戒。』

聽到女性戰術航空師下達指令。

『準備戰鬥！』

聽到隊長機下達指令。接近格鬥戰開始。克拉克上尉盯著HUD。雷達已經牢牢地捕捉到敵機的機影。

終於進入敵機的飛彈射程內。敵人一定會反擊。克拉克上尉再次檢查武器儀表板。響尾蛇飛彈已經準備OK，隨時都可以發射。

4

敵人的飛彈從正面飛來。

目標是我！章上尉大叫著。

「混帳！」

章上尉拉起操縱桿，點燃助燃器，開始急速上升。同時由背後打出了幾枚干擾彈，引起了小爆炸。銀箔雲散開，操縱桿倒向左側，開始旋轉。身體彎曲成G字型，機體一口氣旋轉。接著將操縱桿倒向右方，蹬方向舵，機身反轉下墜。

黑色影子掠過機身，飛向後方的銀箔雲，放出閃光，產生大爆炸。

太棒了！章上尉看著雷達影像機的畫面。敵機的機影點點散布在影像機上，而同志的機影不斷減少。

同志的僚機持續著散開、閃躱運動。而敵人的幾枚飛彈則衝入干擾彈雲中爆炸。

但是，幾架僚機卻沒有辦法避開，成爲飛彈的餌食，拖著黑煙尾巴，穿過白色的雲海，墜入藍色的海洋中。章上尉數著黑煙的數目。隨便數一數，就有十架飛機被擊落了。可以看到有幾架飛機，脱離操縱席的駕駛的降落傘。

畜生！我一定要討伐敵人。

章上尉用戴著手套的手指擦拭著從額頭流入眼睛的汗。氧氣罩的邊緣被汗沾濕了。没有看到敵人飛彈的蹤影，第一次攻擊結束了。

『敵機接近！距離五公里。方位○九五。』

聽到來自「黑鷲」的通報，敵人就在正面。

『隊長告知全機。進入射程內！五架飛機發動攻擊。』

「了解！」

章上尉看了一下偵測雷達影像機的敵機機影，瞪著前方的虛空。

高度一萬一千公尺。馬赫一・三。

手指放在操縱桿的發射鈕上。武器儀錶板上亮起短距離飛彈發射準備完成的燈。

接著應該是繞到敵機的背後，讓他嚐嚐兩枚PL—9飛彈「空鷹」的滋味。

殲擊改良7型的主翼下搭載兩枚空對空飛彈PL—9「空鷹」。PL—9是從前蘇聯製的空對空飛彈K—13環礁，加以改良發展的中國飛彈。

K—13原本是前蘇聯將捕獲的美國製的AIM—9響尾蛇加以複製而成的飛彈。也就是說，PL—9就是響尾蛇同父異母的兄弟。

偵測雷達捕捉到敵機的機影。

敵機高度一萬四千公尺。馬赫二。

畜生！敵機想要從高處挑戰，再這樣下去對自己不利。拉起操縱桿，點燃助燃器，開始急速上升。身體彎成G型。雖然穿著氣壓服，但是卻覺得血液從頭下降。

高度一萬二千公尺。馬赫〇・八。

敵機的機影稍微盤旋一下，從高高度突然急速降落。可以看到F—14雄貓特有的銳角機影。

警告飛彈接近的高亢電子音嗶嗶地響著。章上尉一邊將機身反轉，同時急速旋轉。

雷達鎖定。

章上尉按下發射飛彈的按鈕。一枚「空鷹」飛彈從翼端脫離了機身。火箭發射器點燃，「空鷹」飛彈冒著白煙，朝前方的敵機衝去。

紅外線追蹤方式的「空鷹」飛彈的發射可能角度，是目標前後合計五十度。如果不進入這個角度的話，則飛彈的紅外線偵測就無法捕捉目標，加以鎖定。即使發射飛彈，恐怕也沒有用。

第一枚飛彈就算沒有射中目標也無所謂。藉著發射飛彈，只要敵人受到驚嚇，閃躲機身，就可以趁隙繞到敵機的後方。雖然說是勝算不大的賭注，但是如果和高性能的敵機作戰，只能夠採取這種手段，否則無法獲勝。

按下干擾彈的按鈕。機身後方的火燄彈飛出。

一枚、二枚、三枚、四枚。

在後方的空中連續爆炸。噴起了火燄雲。隱藏在火燄中，將機身反轉，急速旋轉。

後方火燄當中又連續出現了兩枚砲彈爆炸的聲響。被火燄彈欺瞞的敵人飛彈爆炸了。

敵人的飛彈是屬於高性能紅外線追蹤飛彈「響尾蛇」，章上尉覺得汗流浹背。如果發射干擾彈的時機有瞬間的誤差，就有可能成爲飛彈的餌食。

機影掠過斜上方。點然助燃器，又開始急速上升。

想捕捉急速旋轉的敵機機身。

好了！機會來了。

紅外線偵測的燈亮起，聽到鎖定的電子音發出聲響。「空鷹」PL—9的紅外線偵測，已經捕捉到進入可能發射角度中的敵機排出孔的紅外線。

「發射！」

章上尉大吼著，在間不容髮之際按下發射鈕。第二枚「空鷹」從翼下脱離。章上尉放倒操縱桿，讓機身旋轉。「空鷹」火箭發射器點燃，猛然開始飛翔。

在「空鷹」之後追趕，由「空鷹」噴出的白煙吹在機艙罩上。「空鷹」以馬赫三以上的速度飛翔，距離越拉越遠。

一定要擊落它！一定要用雄貓來血祭！

章上尉低吼著。在斜上方看到敵機「雄貓」劇烈地反轉，閃躲飛彈的追蹤，並發射了幾枚干擾彈。從機身及機翼可以辨視到美軍的標識。

好，看我收拾你。

按下武器儀錶板的開關，火器管制裝置變成了機關槍模式。如果「空鷹」没有射中的話，就要讓對方嚐嚐機關槍砲彈。

5

警戒裝置響起。雷達發出敵人飛彈接近的聲響。

克拉克上尉將操縱桿左右搖晃，連續反轉。發射干擾彈，快速下降，急速盤旋上升。

看到在右後方衝入干擾彈的敵人飛彈爆炸。

『三號機！敵機從後方接近！』

不久之後，聽到僚機的聲音從耳機裡傳來。看著正上方的背後，有敵機的機影。

瞬間曳光彈掠過左翼飛去。右後方發現了敵機的機影。

間不容髮之際拉起操縱桿，點燃助燃器，一直垂直上升到高高度為止。

敵機機關槍的射線直逼克拉克的雄貓。

跟來吧！打出了干擾彈。敵人並沒有發射飛彈，而自己的飛彈也用盡了。

急速上升，反轉。背面朝下，看到十二時上方方向是一片海洋。隔著座艙罩看到敵機，J—7改良型拼命緊跟著。但是上升速度有明顯不同。旋轉半徑以雄貓較小，而J—7改良型想要翻跟斗的話，必須降低速度才行。這樣自己就可以繞到J—7改良型的背後。

J—7改良型將機體反轉，停止了翻跟斗。機頭朝向側面。J—7改良型似乎想在翻跟斗之後繞到自己的背面，一個左轉逃走。然後再翻一個跟斗降落，打算從側面攻擊。

怎麼能讓他得逞呢！克拉克將操縱桿搖到側面，將機身反轉，然後右轉。和衝過來的J—7改良型交叉前進。機身和敵機擦肩而過。雙方的機翼幾乎都快要碰著了。

克拉克蹬方向舵，將操縱桿放倒，並且旋轉。再度點燃助燃器，急速上升。在背面確認F—7改良型的位置。看到左轉的敵機一個轉身，想要上升。

關掉助燃器，往下降，朝著F—7改良型前進。F—7改良型豎直機頭，想要急速上升，直直衝過來，將自己擊毀。

敵人也不是省油的燈呢！

克拉克上尉莞爾一笑。武器儀表板自動地變成機槍方式。

從背面飛行急轉，停止急降，變成左轉。敵機也停止了急速上升，以右轉的姿勢越過眼前。

與克拉克機交錯，再次反轉左轉。J－7改良型的機影進入了HUD的機槍十字射線中。準星與目標重疊。

鎖定。

輕扣機關槍的板機。對敵機進行一連串的掃射。右翼吸入了二十釐米機關砲彈。一秒內以一一〇發的砲彈攻擊敵機。有五十發擊中了敵機。接著又一連串掃射，擊中敵機的機身。

座艙罩彈了起來，敵機開始慢慢地墜落。黑煙從機身的燃料部分噴出。

6

機身與機翼受到了激烈的撞擊。右翼粉碎。

畜生！

章上尉同時感覺到座艙的粉碎。右肩產生劇痛感。右手肩膀以下都不見了，鮮血濺滿了座艙。

已經來不及了。敵機就在後方，機身不斷地旋轉。就算拉操縱桿，卻還是一動都不動。

「無法操縱！」

章上尉對著無線麥克風怒吼。但是耳機聽不到任何的回應。

右眼沾滿了鮮血，看不到前方。只覺得不斷地旋轉，即將跌入海面。身體彎成G型，感覺鮮血逆流。

再這樣下去就會墜落了。章上尉卻覺得自己非常地平靜。

看看高度計，指針不斷地旋轉，知道機身正在墜落。如果高度不是三千公尺的話，即使脫離也無法得到救助。左手摸到了脫離環。

高度計的指針到達三千。章上尉閉著眼睛，拉扯脫離環。

聽到爆炸聲。章上尉的整個身子從機身彈出，空氣襲擊到臉上。根本無法呼吸。接著又一次的爆炸，整個身體飄在空中。

身體受到强烈的撞擊，强大的力量使他在空中停了下來。肩膀和枕部產生劇痛。章上尉發現到自己已經撐開了降落傘。就這樣昏了過去，進入灰色的世界中。

7

北京・總參謀部作戰本部室　8月2日　11時

通信室一陣慌亂。空軍作戰參謀何炎上校聽著來自前線司令部的報告，緊咬著嘴脣。

『……收到美國海軍艦艇和艦載機的攻擊。我國空軍的損害現爲二十四架，失蹤八架。被敵機擊落的有兩架，三架可能已經被擊落了，但並未確認……』

狀況對我軍而言，真是非常地不利。正如原先所預期的，美國海軍第七艦隊終於從海空進行軍事介入。

「我國航空機動艦隊現在在何處？」

何炎上校詢問坐在旁邊的海軍參謀中校。

「北緯二八度十五分，東經一二六度〇五附近，朝北北東前進。但是，美國第七艦隊並没有追趕我國的航空母艦機動艦隊。」

海軍參謀中校說著。何炎上校看著狀況表示板，呻吟道：

「不愧是美國第七艦隊，瞭解我們的戰術。」

通信參謀少校走進房間。手上拿著電報，大聲念了出來。

「接到航空母艦機動艦隊司令的密碼電報，詢問是否要對美國空軍航空母艦進行攻擊？」

「告訴他不可以攻擊。中央軍事委員會尚未決定對美戰爭。」

何上校嘆息地說著。

「知道了。拍電報告知不可攻擊。」

通信參謀少校復誦著，跑回了電信室。

狀況表示板的釣魚台空域，敵我雙方的標識混亂地映在上面。而敵我雙方的位置和方向不斷產生變化。

「再這樣下去恐怕會折損太多兵力。必須投入預備兵力，擊毀敵人，重新調整狀況，否則無法保持航空優勢。」

空軍少校卓康勝對何炎上校說。何炎上校看著臺灣海峽的海圖。

「問題在於利用戰術預備等的局面投入，是否能有效地擊潰敵人呢？」

海軍參謀中校用指揮棒輕敲著臺灣海峽海圖。

「敵人主力艦隊一定會對於搭載登陸部隊的運輸船隊發動攻擊。不久之後，由飛彈艇群對於敵人艦隊開始發動攻擊。最後還要加入自空中的攻擊。這樣的話，就能分散敵人的航空戰力，分散敵人的兵力。」

「你覺得怎麼樣，卓少校？」

「看來只能這麼辦了。否則的話，我軍可糟糕了。」

聽到入口處響起了腳步聲，總參謀部作戰部長秦中將，帶著楊上校等參謀團隊一起進入。何上校和卓少校對秦中將敬禮。

「狀況如何？」

「我方空軍軍機損害極大。再這樣下去，損害會增加更多。」

「無法保持航空優勢嗎？」

「遺憾的是，再這樣下去恐怕就要重整軍備了。我認爲應該將空軍擺在對臺灣進攻作戰的第三階段才對。不光是對臺灣空軍的對策，也應該要應用在對美、對日作戰上，否則無法保持我方的航空優勢。如此一來，渡海中的海上運輸船隊就會受到敵人的攻擊，無法防衛船隊。」

秦中將深思著。

「到目前爲止，登陸臺灣的派遣軍情況如何？」

海軍參謀中校問道。

「有一個海軍步兵旅團已經强襲登陸新竹北邊的海岸地帶。接著有一個半的輕步兵師團也會登陸。」

何炎上校代替海軍參謀回答。

「利用釣魚台空中回廊運送的是空挺師團一個、步兵大隊二個。關於運輸船隊，由你來說吧！」

何炎上校看著身旁的陸軍參謀中校。

「現在分別搭乘運輸船隊的機械化旅團一個、步兵師團二個，正在運輸中。沿岸方面已經有二個師團在等船。」

參謀中校慌張地回答。秦中將思考之後問道：

「船隊完全登陸需要花多少時間呢？」

「還要四十個小時或三十八小時。目前運輸船隊只不過到海峽的一半。」

作戰室長楊上校一邊說著，同時看著狀況表示板同志的陣營。

「不管付出再大的犧牲，也一定要將運輸船隊送進去才行。」

「因此，應該考慮使用第二砲兵。」

何炎上校告訴秦中將。

「這是由中央軍事委員會決定，不過我可以做主。三十八小時內可以利用空軍和海軍來護衛船隊嗎？」

「可以試試看。」

何炎空軍上校和周海軍上校點點頭。

「臺灣派遣軍的第一陣，如果不登陸臺灣島的話，政府軍也無法支持。」

「總之，第一陣的第三個師團到達之後，要對抗反政府軍就具有足夠的戰力了。政府軍有三個師團，總計具有六個師團的戰力。」

楊上校用力點點頭。何炎上校看著秦中將。

「不過，先前航空母艦機動艦隊司令詢問，是否可以對美國第七艦隊發動攻擊？」

「要避免全面對決。要以對臺灣作戰爲主。現在只有忍這一字。」

秦中將告知決心。楊陸軍上校和周海軍上校没有提出異議。這時聯絡官從通信室慌慌張張地跑了過來。

「接到南海艦隊司令的緊急報告！受到敵人艦隊的飛彈攻擊，請求支援。」

「哦！臺灣南軍發動攻擊了嗎？何空軍上校，航空支援的情況如何？」

「已經準備好了戰術預備的航空戰力，防止這種事態的發生。可以立即投入嗎?」

「好。和空軍司令部聯絡,出動預備戰力。進入福建省的戰術預備空軍有多少?」

「戰鬥機師團一個、轟炸機師團一個。不要陸續出動,最好一舉投入全部的預備戰力較好。」

「我知道了。我會告訴司令部。」

秦中將看著狀況表示板,點點頭。

8

臺灣海峽　8月2日　11時30分

臺灣海軍第一二四艦隊第一護衛戰隊所屬,朝陽級驅逐艦DD912「建陽」以二十節(海里/小時)的第二戰速,延著海峽朝東北東前進。

第一護衛戰隊是以旗艦「安陽」為主,同時配合「建陽」、「昆陽」、「遼陽」

三艦形成半圓形陣形航行。

在其背後的第一四六艦隊第三護衛戰隊，以旗艦「德陽」爲主，由「綏陽」、「雲陽」、「正陽」、「邵陽」四艦成半圓形陣形航行。

第三護衛戰隊的背後，由四艘成功級（O・H・Parry 級）護衛艦四艘所組成的第一二四艦隊的第二護衛戰隊，與三艘驅逐艦所組成的第一四六艦隊第四護衛戰隊，形成圓形陣形，控制於後。

臺灣海軍全主力艦半數集結於此，共有十六艘的機動艦隊。海峽的海面波浪滔天，這是因爲發生在南方的颱風，所以天氣從西南方開始逐漸變壞。

「發射！」

站在驅逐艦「建陽」的艦橋艦長，安海軍中校大聲怒吼著。而CIC室的通信員複誦。

這時，前甲板的「雄風Ⅱ型」反艦飛彈發出轟然巨響噴出。對艦飛彈冒起白煙，朝上空冉冉飛翔而去。

僚艦「安陽」和「昆陽」、「遼陽」也發射了「雄風Ⅱ型」反艦飛彈。拖著白煙的尾巴，朝虛空中飛去。

在圓形後部半圓展開的第三護衛戰隊，也陸續發射了「雄風Ⅱ型」反艦飛彈，掠過上空。

啓動反艦飛彈的發射器，裝填第二枚彈體。

『發射準備完畢！』

來自CIC室的通報。

「發射！」

「雄風Ⅱ型」反艦飛彈再次由發射器發出了轟然巨響，冒出白煙。彈體黑色的身影劃破長空而去。

「副艦長，拜託你了！」

安艦長離開艦長席，快步朝向艦橋背後CIC室的階梯走去。

「艦長到CIC室！」

聯絡員大聲告知。副艦長尹上尉代替艦長站在艦橋。

安艦長跑下階梯，打開CIC室的門，穿過暗幕，進入室內。

CIC室內部因爲紅色燈，照成一片紅色。帶有螢幕的控制桌併排著，坐滿了通信員。螢幕放出橙色光，由雷達探測到周邊的情報，以NTDS（海軍戰術資料電子處理系統）來表示。

坐在螢幕狀況表示板前面的CIC室室長孫少校，看了安艦長一眼。

安艦長坐在孫少校左邊的椅子上，抬頭看著狀況表示板。

「狀況如何？」

「敵艦已察覺到我們發射對艦飛彈。」

在劃有刻度的透明螢幕板上，我方艦隊的配置和敵艦隊及運輸船隊的位置都畫在上面。從表示板內側加入了要員時時刻刻填上去的情報，以及表示的修正。

第一四六艦隊發射的「雄風Ⅱ型」反艦飛彈，很明顯地已經殺到敵人艦隊及運輸船隊處。相反的，敵人艦隊也以大量的對艦飛彈還擊。

敵我雙方的飛機也進入亂軍中，位置陸續產生變化。

安中校心想，這應該是海空大會戰吧！

能獲勝嗎？不，絕對要獲勝才行。一旦輸了的話，臺灣就會成爲共產主義者的囊中物了。

安艦長勉強掃除心中的不安。通信員叫道：

「空中早期警戒機的警報。敵機編隊朝這兒飛來了。距離二三〇公里。方位二八五。此外，從方位二七〇也有敵人編隊接近。我方迎擊機已經起飛。」

「我方空軍位置在哪裡？」

「不久之後到達迎擊空域。」

通信員回答。

「同志一定要徹底擊潰敵人才行。只要取得航空優勢，攻擊就很容易。」

孫少校指著表示板的一角說著。我方空軍三個編隊迎擊敵人編隊。是「經國」及F—16、F—5E／F等戰鬥機隊。

「距離敵人艦隊還有多遠？」

安艦長詢問旁邊的通信員。

「十九海里（約三十六公里）。」

「在射程內嗎？」

「即將到達『雄風Ⅱ型』反艦飛彈的射程內。」

通信員手按著耳機回答。

「敵人的規模如何？」

「根據偵察機的報告，敵人艦隊第一集團的規模，是東海艦隊的主力驅逐艦、砲艦等，大約五十七艘。還有登陸艦、登陸艇、運輸船、小艦艇等，是超過五百艘的大船隊。」

通信員回答。

「敵人第二集團在敵人北海艦隊的一百艘艦艇的護衛之下，有超過六百艘的大運輪船隊到達。」

敵人艦隊的第二集團位在臺灣島的北方，對於第二集團打算以法國製拉法葉級最新型的六艘護衛艦編成的新第一三一艦隊的第五、第六護衛戰隊，迂迴到臺灣島的北端，加以迎擊。

而第一六八艦隊的第七、第八護衛戰隊，也趕緊從琉球海域繞回來。

安艦長看著表示板的敵人艦隊的標識。

「敵對艦飛彈接近！距離十二英里！」

一位通信員叫道。

在表示板上，敵人艦隊發射的飛彈群，好像逼迫我方的圓形陣形一樣。

「ＳＭ飛彈自動發射！」

通信員告知。

在聲音到達的同時，遲鈍的發射音隔著牆壁傳來。

艦隊防衛用的標準飛彈，陸續從我方自動發射。牢牢地盯住狀況表示板上的每一個敵對艦飛彈，而標準飛彈是直線前進的。

「不久就是雄風到達時刻。」

一位通信員告知。

安艦長看著由「建陽」發射的「雄風Ⅱ型」反艦飛彈，各自決定目標，往前挺進的樣子。

以往演習的成果，現在就要出現了。

「雄風Ⅱ型」反艦飛彈是以色列製的對艦飛彈「加布里埃爾」Ⅱ型。「加布里埃爾」Ⅰ型在中東戰爭時有擊沉埃及海軍飛彈高速艇的實績。Ⅱ型則是性能提升型。

「艦長，美國海軍終於進行軍事介入了。如果美國支援我國的話，日本也會幫助我方作戰。就好像是幫助我國一樣。」

孫少校笑著說道。

「但是，還不能安心得太早。我軍如果一開始就依賴美國或日本的話，就必須聽他們的了。這樣就不算真正的獨立。即使無法借助他們的力量，也一定要擊退敵人。」

「說的也是。」

通信員說道。

「不久就是雄風到達時刻！」

「好！」

安艦長瞪著表示板。

9

「敵誘導彈接近！」

通話員水兵按住耳機叫道。

南海艦隊第六護衛艦戰隊旗艦驅逐艦「南京」的艦長唐上校，站在艦橋上，用望遠鏡看著虛空。

旅大改級飛彈驅逐艦「南京」原本屬於東海艦隊，而由於南海艦隊大部分的艦艇都倒向華南軍，因此立刻移籍到南海艦隊，再編爲第六護衛艦戰隊的旗艦。

旅大級驅逐艦，前蘇聯製克特林驅逐艦複製品，而裝備方面則以對水上艦戰用爲主的舊式飛彈驅逐艦。進行近代化的改良，移掉對空砲座，取而代之的是艦對空飛彈「海隼」八連砲，用最新對空雷達和火器管制裝置，變更爲防空飛彈驅逐艦。

「發射海隼！」

聯絡員叫道。

艦對空飛彈由前甲板陸續由八連砲發射機，轟然發出了發射音飛出。

一枚、兩枚、三枚、四枚。

每次發射時，噴射煙就會吹拂艦橋的窗户。先前發射的四枚瞄準沒有擊落的敵人飛彈，進行第二次攻擊。

「海隼全部發射終了！」

「好。再裝填海隼。」

副艦長張少校對著傳聲管叫道：

「裝填手，趕緊裝填誘導彈！裝填完畢立刻發射！」

要員們趕緊跑向八連砲發射機，使用專用的起重機，開始進行將飛彈彈體裝設到發射機的作業。

「海隼」是響尾蛇·NG（新世代）飛彈的中國名稱。響尾蛇·NG（新世代）飛彈是由法國及南非共同開發出來的對空飛彈——響尾蛇的改良型。全長二·二九公尺，直徑十七公分，發射重量爲七十三公斤。彈頭具有十四公斤HE的爆風破片效果。爲固體燃料火箭，誘導方式爲無線指令。射程十公里。

「擊落敵誘導彈十二枚！還有五十多枚突破防衛線，正在接近。」

聯絡員通報來自戰術情報管制室的報告。

還有五十多枚！唐艦長緊咬著嘴唇。

「發出電子干擾波！」「發射電子干擾波。」

通話員複誦，告知戰鬥情報管制室。對艦飛彈結束慣性飛行之後，發射搜敵雷達，尋求目標並接近。利用電子方式擾亂敵人的這種雷達波，就能使其失去目標。

「傳達全艦！開始急速回頭！閃躲！」

坐在艦橋司令席的艦隊司令顧海軍上校大聲下達命令。通信員複誦，聯絡全艦。

唐艦長說道：

「左滿舵，全速前進！」

操舵員複誦，轉動著舵輪。引擎發出極大的聲響，船頭開始左轉。看到遠方的僚艦也一起開始朝左轉。

「各艦閃躲攻擊。全力擊落敵人飛彈。」

顧上校再次下達命令。通信員複誦。

南海艦隊再編第六護衛艦戰隊第二三護衛隊與第四一護衛隊合計十艘，東海艦隊第四、第五護衛艦戰隊二十四艘，一起在臺灣北部海岸進行登陸作戰，於大船隊的南邊展開支援登陸的任務。

第六護衛艦戰隊是由包括旗艦飛彈驅逐艦「南京」在內的五艘旅大改級飛彈驅逐艦所組成的第二三護衛隊，以及五艘江衛改級飛彈護衛艦所編成的第四一護衛隊，總計十艘船艦編成的。

除了「南京」以外的四艘旅大改級驅逐艦，雖然不像「南京」進行了現代化的改良，但是增設了對空飛彈等，爲强化防空型的驅逐艦。

五艘江衛改級護衛艦，則進行部分現代化修改。前甲板裝備PL—9型短SAM六連砲的「紅旗61型發射機」，成爲新的對空武器。

這個南海艦隊第六護衛艦戰隊成楔形陣形展開，形成第一防空防衛線，防範敵人的攻擊。

在背後則有東海艦隊的第四、第五護衛艦戰隊，以圓形陣形鋪成第二、三防衛線，從南北夾住狀態，對於載著登陸部隊的登陸艦、登陸艇、漁船等大船隊，進行登陸支援。

敵人的對艦飛彈一大群，突破了組成楔形陣形的南海艦隊第六護衛艦戰隊的防空防衛線。

如果不在此擊落敵人的飛彈，恐怕運輸船隊還未到達海岸就會蒙受極大的損失。運輸船隊載運著許多的官兵、武器彈藥、糧食等補給物資。

唐艦長壓抑著焦躁的情緒說道：

「敵誘導彈接近！二時方向。迅速接近『吉安』！」

通話員傳達戰術情報管制室的情報。唐艦長用望遠鏡看著二時方向的海面。後甲板和艦橋旁邊三七釐米對空二連發機關砲朝著海面怒吼。曳光彈的紅光掠過海面飛翔，衝向黑色的物體。

敵艦對艦飛彈衝向在右邊航行的旅大改級驅逐艦「吉安」。「吉安」的三七釐米對空機關砲以及一三〇釐米二連砲，拚命在飛彈前進的路線上布上彈幕。但是飛彈並沒有被彈幕所獲，而是直接朝「吉安」挺進。

「畜生！敵人的飛彈並沒有受到電子干擾嘛！」

唐艦長咬牙切齒。

「發射紅旗！」「發射紅旗。」

後部甲板的紅旗61型的飛彈發射音連續響起。拖著白煙的對空飛彈劃出弧形，掠過海面飛翔，朝著對艦飛彈挺進。

紅旗的白煙被吸入海面，濺起水柱爆炸了。

擊中了嗎？唐艦長用望遠鏡觀察。黑色彈體飛了過去。紅旗似乎沒有擊中它。

唐艦長嚇了一跳。

「攻擊、攻擊！」

李副艦長大叫著。沒有被擊落的敵人飛彈一枚，很快地就要衝破最終防衛線而來了。

僚艦的飛彈護衛艦也發射紅旗61型飛彈，冒起白煙，朝虛空飛翔。對方砲火的彈幕在藍天上張開，而迎擊敵人飛彈的我方飛彈的爆炸出現在前方的海面上。

而敵人飛彈就在「吉安」的面前，就好像蛇抬頭似地不斷地彈跳著。

「吉安」發射銀箔雲，打算閃躲到雲中。

但是飛彈並沒有中了銀箔雲的圈套，趕緊上升，當角度下降時，用力朝著「吉安」的船身衝去。飛彈衝入彈幕，彈體似乎粉碎，但是後方卻插入艦橋的根部。

「這怎麼回事！」

唐艦長大叫著。

「吉安」艦橋的根部引起大爆炸。就好像是電影慢動作的畫面一樣。艦橋被黑煙包住，慢慢地瓦解。

船身斷成兩半，「吉安」的艦尾與艦首部分朝海面翹起，兩個船身濺起水泡，慢慢地沉向海面。組員們都掉落在海中。

「艦長，誘導彈接近本艦！一時方向。」

偵察員大叫著。艦長用望遠鏡看著一時方向。看見飛彈黑色的彈體掠過海面，飛翔而來。朝天空飛去的紅旗飛彈拖著白煙尾，目標指向掠過海面的對艦飛彈的彈體衝去。在水面濺起白色水柱。

「没辦法。快逃吧！」

雷達要員大吼著。但是已經來不及了。唐艦長發現自己的手心都冒汗了。

「發射干擾彈！」

副艦長大叫著。在艦橋正後方的上甲板傳來砰砰的干擾彈發射音。形成銀箔雲，只能藉此誤導敵人的偵測雷達。只要飛彈誤把銀箔雲當成目標，衝入銀箔雲中，就能使船艦倖免於難。

「全速前進！左滿舵。」

銀箔雲吹向右舷的海上。艦首朝左急速回航。

朝向一時方向的前甲板對空二連發機關砲狂吠著。銀箔雲閃耀燦爛的光芒，船艦將其當成隱蔽的簑衣，拼命地回航。

黑色彈體突然朝上空上升，不斷彈跳著。拖著曳光彈尾的對空機關砲彈掃射彈體。

「艦長！誘導彈繼續接近。」

副艦長大叫著。

彈體到達拋物線弧的頂點。彈頭的方向改變，朝著船艦直奔而來。

霎時機關砲彈命中飛彈彈頭，一切的行動停止了。閃爍著爆炸的火光，黑煙從四面八方噴出。響起轟然巨響，震動艦橋的空氣。

「擊落！」

副艦長發出喜悅的叫聲。唐艦長也鬆了一口氣。

「誘導彈接近！方位……」

通話員繼續告知。唐艦長趕緊振奮精神，用望遠鏡看著對方告知的方向。

10

「命中目標！」

驅逐艦「建陽」的CIC室，因爲對艦飛彈「雄風Ⅱ型」擊中敵艦的戰果而人心沸騰。通話員一邊看著螢幕，同時一邊敲打著鍵盤。

「第六彈命中敵艦！擊沉。」

一名通話員興奮地叫著。

「艦長，敵人飛彈群突破第一防衛線。正在接近中。」

「數目呢?」

安艦長看著螢幕。是SM飛彈擊漏的飛彈。

「二十八枚。」

海上麻雀連續發射的聲音震動CIC室的牆壁。第二防衛線由海上麻雀負責。RIM—7海上麻雀,是美國海軍所採用的短射程防空飛彈。爲半自動的雷達誘導方式,射程十五公里。

「雄風第三彈到達。命中!目標消失。」

「我方雄風陸續命中敵艦,將其擊沉!」

「太好了!」

安艦長看著孫少校的臉。

聽到通信員的聲音,室內瀰漫著安心的氣氛。螢幕上的敵艦陸續被標上命中的標識。

「室長!直升機ESM捕捉到新的敵人飛彈群。多數朝向艦隊而來。」

一名通信員叫著。孫少校探出頭來。

「什麼!」

安艦長緊張了起來。在艦隊上空不時有幾架具有對潛攻擊,或是對水上艦警戒能力的艦載直升機盤旋，進行水平線外搜索及監視的工作。

「從何而來？」

「方位二九〇。」

「在同方位的敵人水上艦隊正高速移動中。飛彈好像是敵人高速飛彈艦隊發射的。」

「距離目標還有多遠？」

「六十公里。」

「飛彈數目呢？」

「確認爲十二枚。」

孫少校看著安艦長。兩人跑到螢幕前。

中國大陸沿岸有無數的小艦艇正高速地朝向這兒來。敵人高速飛彈艇如果有六十艘的話，一定會發射對艦飛彈。安艦長對於新敵人的出現氣得咬牙切齒。

安艦長用傳聲管命令艦橋。

「準備對艦飛彈戰鬥！」『準備對艦飛彈戰鬥。』

艦橋副艦長開始複誦。

「開始閃躲運動！」『開始閃躲運動。』

不久之後艦橋大幅度傾斜，開始閃躲運動。

「開始干擾。」「開始干擾。」

孫少校以冷靜的語氣陸續對通信員發出指令。

「準備發射鋁箔彈！」「準備發射鋁箔彈。」

「準備發射煙幕彈！」「準備發射煙幕彈。」

「開始放出冷卻水。」「開始。」

敵人飛彈可能是具有紅外線追蹤方式的新型飛彈。發動船艦的柴油引擎會產生高溫，而且排出蒸氣的煙囱特別會放出大量的紅外線，成爲熱源。所以紅外線追蹤方式的對艦飛彈，可以捕捉到煙囱的熱源，因此必須要澆水，使煙囱冷卻。

「一定要擊落飛彈。」

安艦長下達命令。

如果幾枚、幾十枚的對艦飛彈一起湧向一隻船艦，即使再怎麼利用鋁箔彈或煙幕等進行干擾，或是使用對空飛彈或對空砲、二十釐米CIWS等各艦防衛的硬體設備，也無濟於事。

只要有一枚對艦飛彈擊中船艦，破壞船艦的心臟部位，一旦爆炸，一枚就可以擊沉船艦，具有非常强大的破壞力。

福克蘭島戰爭時，英國最新的驅逐艦「傑費爾妥」，就被一枚飛魚對艦飛彈擊沉。雖然飛魚並沒有爆炸，但是卻深入船艦的中心部，引發火災，結果沉沒了。

另外一位通信員回頭看著孫少校和安艦長，大聲告知：

「敵機編隊接近。方位二七五。距離八十公里。」

在狀況表示板上畫上敵機編隊接近的標識。

這次是來自空中的攻擊嘛！安艦長看著狀況表示板。

接到來自聲納室的聯絡。

『艦長，聲納探測到潛水艇。』

「什麼！潛水艇？不是同志嗎？」

孫少校感到很奇怪。

「敵我識别如何？」

『尚未回答。』

萬一是敵人潛水艇的話，一定要做好萬全準備。安艦長叫道：

「準備對潛對空戰鬥！」『準備對潛對空戰鬥。』

從反潛火箭管制室聽到通信員複誦的聲音。

安艦長詢問通信員。

「敵人潛艇的位置在何處?」

『正在測定中。』

我方的潛水艇也進入海峽水域，準備攻擊敵人的運輸艦隊。

『敵我識別無回應。』

是敵人的潛水艇。只注意到來自上空及水上艦艇的攻擊，没想到這次卻開始了海中的攻擊。安艦長察覺狀況非常嚴重，臉上佈滿陰霾。

『捕捉到目標位置。方位〇三〇。距離十二公里。深度一五〇。』

在反潛火箭射程內。

「直升機報告。多數對艦飛彈接近。」

CIC室的通信員們動作倉促。自動捕捉目標的迎擊系統開始啓動。

「連續發射SM飛彈!」

繼海上麻雀發射之後，這一次CIC室響起了SM飛彈的發射聲。

「敵人高速飛彈艇群。準備發射雄風!」「發射準備完成!」

孫少校大聲命令著。通信員複誦，指示「雄風Ⅱ型」反艦飛彈準備發射。通信員的手放在發射按鈕上。

「發射雄風!」「發射雄風。」

在安艦長的命令之下，通信員按下按鈕，對艦飛彈雄風的發射聲從前甲板響起。前甲板的ＳＭ飛彈發射臺上，反潛火箭已裝填完畢的燈亮起。

『反潛火箭發射準備ＯＫ！』

通信員叫道。

安艦長下達命令。

「好。發射反潛火箭！」「發射！」

前甲板再度產生轟然巨響。反潛火箭發射出去了。

ＲＵＲ－５ＡＳＲＯＣ是對潛水艇火箭。全長四．五七公尺，發射重量四百三十五公斤，有效載荷二百三十公斤Ｍｋ46魚雷。彈頭爲ＨＥ彈，射程爲十公里遠。

反潛火箭是藉著事先輸入的位置和方向，朝向目標飛去的火箭。

到達目標上空時，降落傘會張開，只有彈頭的魚雷會分離，掉落海面。鑽入海中的魚雷朝目標接近，然後藉著音響追蹤開始搜索目標。一旦捕捉到目標時，就會執拗地加以追蹤，爆破擊沉，是必殺魚雷。

一定要命中哦！安艦長在心中默念著。

11

對艦飛彈CSS—N—2「海鷹」2噴出白煙，朝虛空飛去。

中國海軍南海艦隊高速飛彈艇隊群的第一戰隊第二〇九號，激烈搖晃著，朝著海面一直線地疾駛而去。具有一千馬力的引擎發出巨響。

艇長姚中尉站在操舵室，看著拖著白煙尾飛翔而去之「海鷹」的方向，大聲叫著。

「第二彈，準備發射！」「準備發射。」

聽到部下的回答。浪花敲打著前面的玻璃。艇的船體每次越過波濤，都會大幅度彈跳。操舵員和姚艇長如果不緊緊抓住扶手的話，可能會被彈到艇外。

左右海上的第一戰隊的高速飛彈艇十二艘，乘風破浪地前進。目標是前方八十公里海灘上的敵人艦隊。

不只是第一戰隊，在周邊的海域隱藏著南海艦隊的高速飛彈艇隊群，第二、第三、第四、第五戰隊，合計六十四艘，都從隱身島的陰暗處躍出，朝向敵人艦隊衝去。

敵艦隊只注意到支援登陸部隊的南海艦隊主力，加以攻擊。但是沒想到背後竟然有高速飛彈艇隊群展開奇襲作戰，從背後攻擊而來。

戰隊一起朝著陰霾的天空發射了「海鷹」，拖著幾條白煙尾，朝著水平線的彼端飛去。

海鷹藉著事先輸入的資料，以慣性飛行接近目標，直到前方十幾公里遠。將高度下降到掠過海面的高度，利用瀏覽海航法，好像在瀏覽海面似地朝目標接近。然後利用雷達自動誘導方式，自己決定目標前進。

雷達要員將目標設定爲在水平線彼端展開的敵艦隊。

「目標設定完成！」

姚艇長在間不容髮之際大叫著。

「發射！」「發射！」

飛彈要員在後部甲板複誦。一陣衝擊傳遍船身，冒著白煙的「海鷹」朝著天空飛翔而去。

而其他的飛彈艇也一起發射飛彈。十幾條白煙穿過雲間。

「第三彈，準備發射！」「準備發射。」

要員複誦姚艇長的聲音。

「目標設定完成！」

「發射！」「發射！」

在聲音出現的同時，飛彈要員啓動操縱桿。黑色火箭彈體從飛彈發射器朝向虛空飛翔而去。

只剩下一枚飛彈。

這時，帶頭的高速飛彈艇朝著上空發出了紅色的發煙信號彈。

「艇長！戰隊司令下達停止攻擊的命令。指示要立刻進行反轉閃躲運動。」

什麼？姚艇長看著虛空的信號彈。

「敵機編隊迅速接近！」

看著雷達影像機的要員大叫著。

高速飛彈艇的天敵就是飛機的攻擊。姚艇長立刻命令操舵員。

「好。閃躲！右滿舵。」

高速飛彈艇二〇九號艇乘風破浪，大幅度調轉艇首，濺起了水花。

姚艇長從操縱室看著僚艇的動向。第一戰隊的高速飛彈艇隊群，拖著白色的航跡，一起進行反轉閃躲。

12

『辨視目標！十一時下方。』

四號機的李中尉大叫著。

臺灣空軍第七三七戰術戰鬥航空連隊第七大隊第二十八飛行隊的F－5E老虎Ⅱ戰鬥機十二架，以六架編爲一組的兩組密集隊形，進行編隊飛行。

第一編隊的一號機駕駛梁少校隔著座艙罩看著波浪濤天的海面。有五架飛機跟在左右後方。

海面看到幾十條航跡。幾十艘敵人的高速飛彈艇轉換方向，打算一起回到陸地。

「獵物在十一時下方。第一編隊，散開！」

梁少校舉起左手，用手勢吩咐左右僚機散開。

各機回答了解。同時陸續用手勢送出暗號，放倒操縱桿。將高度下降，開始往下降。列機以三秒的間隔尾隨在編隊長梁少校機的後方，開始散開。

F－5E老虎Ⅱ，是利用F－5A／B發展出來的噴射輕戰鬥機。在越戰時代非常活躍，現在已經是舊型的戰鬥機了。但是卻具有和中國空軍的殲擊6型或殲擊7型互相角逐的能力。

最大速度時速一千七百公里，續航距離三千一百八十公里，實用上升限度一萬五千五百六十公尺。武器裝備是二十釐米M39機關砲二門，搭載二枚AIM。最大武器搭載量三千一百七十五公斤。F—5E乘員一名，副座的F—5F則是乘員二名。

檢查武器儀表板，切換爲火箭彈攻擊方式。

梁少校進行背面飛行。逐漸接近海面。

「開始攻擊！」

梁少校對部下大吼。這時聽到耳機傳來咔嘰咔嘰的應答聲。

高速飛彈艇群乘風破浪，打算一起逃走。擺動著船首，或左或右蛇行，反覆閃躲運動。船頭上浮，船身隨波而上，一個大彈跳，敲打著水面。

梁少校從背面飛行變成右迴旋，調整體勢，盯著一艘高速飛彈艇。以三十度角朝目標下降。

目標進入準星中。高速飛彈艇拼命閃躲攻擊，但是與高機動性的飛機不同，動作較緩慢。在穿越角的前端看到目標回到了準星中。

鎖定！

電子聲響起。霎時，梁少校緊握操縱桿的發射桿。

聽到咻噗般劃破空氣的發射聲響起，從機身下七十釐米火箭彈發射器中，陸續射出了八枚冒著白煙的火箭彈，朝著前方的目標飛去。

梁少校拉起操縱桿，將機頭朝上。急速上升，同時傾斜機身，眼睛看著目標。火箭彈被吸入高速飛彈艇的前方。

高速飛彈艇雖然急速回航，可是已經來不及了。一枚火箭彈命中船頭，而另一枚也命中了船身。

目標的高速飛彈艇燃起熊熊的火柱，爆炸。船身四分五裂。

在周圍航行的高速飛彈艇也冒起白煙。高速飛彈艇在海面大彈跳之後，船身裂爲兩半爆炸。

『二號擊沉一艘！』

二號機的丁中尉大叫著。梁少校回頭看著斜後方。二號機跟著。

拉起操縱桿上升，看看周圍。僚機都果敢地攻擊著敵機的高速飛彈艇。

耳機中陸續傳來同志的聲音：

『四號擊沉一艘！』

『六號擊中一艘！』

陸續報告戰果。梁少校看著海面。

第二編隊也開始攻擊。可以看到火箭彈在海面爆炸，濺起水柱。幾艘高速飛彈艇冒出白煙，發射飛彈。敵人發射了攜帶飛彈。而遭受攻擊的同志機發射鋁箔彈來閃躲飛彈。

「隊長機告知全機。不可掉以輕心。敵人擁有對空飛彈。」

『了解！』『了解』……。

聽到各機的回答。

在海面上冒起幾條黑煙。此外，看到數十艘船艇拖著白色的航跡急馳而去。

『我去二時下方！』

聽到丁中尉的聲音。梁少校說：「了解」。

放倒操縱桿，想要攻擊從旁邊急馳而去的高速飛彈艇。電子聲響起。是警告飛彈接近的聲音。

「什麼？」

威脅電波感應裝置的儀表板上亮起了紅燈。螢幕上用箭頭表示威脅波的方向。有複數飛彈急速接近中。

「飛彈接近！全機警戒！」

梁少校大吼著。按下鋁箔彈的按鈕。點燃助燃器，急速上升。同時持續發射鋁箔彈，在後方形成鋁箔雲。

鋁箔雲爆炸。餘波震撼著機身。衝入鋁箔雲中的飛彈爆炸了。

『……呼叫、呼叫！』

聽到丁中尉的聲音。

「怎麼回事？二號機。」

『……無法操縱！呼叫。』

梁少校隔著座艙罩看著空中。發現在斜後方的二號機冒起黑煙，開始墜落。

「二號機，快跳機！」

梁少校以紊亂的聲音說道。但是，二號機卻不斷地旋轉，衝向海面。

「丁中尉！跳機！」

電子聲再度發出警報。梁少校打出鋁箔彈，急速下降，追趕二號機，但還是沒有回應。助燃器熄火。

被火燄包圍的機身霎時膨脹。二號機的機身突然爆炸分裂。

「怎麼回事！」

梁少校下降到接近海面處，再將機頭往上拉。一邊上升，同時抬頭看著高空。

『敵機編隊接近！距離三〇。方位……』

聽到早期警戒機E—2C的警報。

梁少校緊咬著嘴唇。飛彈是由接近的敵機編隊發射出來的。

「畜生！」

「通知全機。檢查燃料！準備接近格鬥戰！」

梁少校看著燃料計。因爲先前的戰鬥，燃料殘量所剩無幾。能夠停留在戰鬥空域的時間只有五分鐘。對於格鬥戰而言，時間太短促了。趕緊撤退才是上策。

「機長機告知全機。回航。」

梁少校遺憾地命令全機。

13

臺灣海軍驅逐艦「建陽」張起鋁箔雲，全速展開閃躲運動。

『飛彈接近！來自方位三四〇有一枚，方位三五五還有一枚……』

聽到CIC室的通報。突破第二防衛線的對艦飛彈湧到。我方的艦隊已經飽受敵人飛彈的攻擊，有幾艘被擊沉。

「飛彈在十一時方向！」

偵察員用緊張的聲音叫著。站在艦橋的安艦長用望遠鏡看著左邊的海面。黑色的彈體擦過海面，衝了過來。艦首轉向右回航，鋁箔彈雲覆蓋船艦。此時，七六釐米單門砲的連續發射聲響起，二十釐米ＣＩＷＳ發出了怒吼。也進行了電子擾亂，但是對敵人的雷達似乎無法發揮作用。

「飛彈，八時上方！」

安艦長的眼睛離開了望遠鏡，瞪著虛空。衝向「建陽」的對艦飛彈已經有四枚被擊毀了。

但是陸續攻過來的對艦飛彈群，艦隊防衛及個艦防衛都岌岌可危。

艦首大旋轉，可以看到在前方拼命閃躲的「遼陽」的船身。飛彈衝入鋁箔彈雲中，引起大爆炸。

「左滿舵。」「左滿舵！」

安艦長大叫著。操舵員不斷地旋轉舵輪。

聽到碰的爆炸聲，震撼船身。安艦長搖晃著腳步，抓著扶手。强烈的震撼從背後襲來。

中彈了嘛！安艦長緊咬著嘴唇。

火災警報器發出高亢的聲音。煙囪和後甲板附近冒出了黑煙。飛彈終於命中了船身。

「控制損害！報告損害部分。」

安艦長大聲地命令控制損害。

「艦尾倉庫附近中彈！」

偵察員大叫著。

「艦長，飛彈又來了！」

另外一枚飛彈從左邊侵入。彈跳的彈身被二十釐米CIWS的彈丸擊中，瞬間爆炸，濺起大水柱，使得艦橋搖晃。

「擊落！」

「左舷，有飛彈接近！」

偵察員怒吼著。安艦長緊抓著扶手，看著左舷方向。

黑色的彈體彈跳著，衝了過來。不斷打出鋁箔彈。CIWS的怒吼聲停止了。

「CIWS！怎麼回事！」

「CIWS無法作動！」

「什麼！」

安艦長跑向偵察艦橋。

先前的飛彈衝向艦橋後方的煙囪部分和尾桿。而艦的船身慢慢地朝左傾。

希望還來得及！安艦長祈禱著。

飛彈一口氣衝了過來。

安艦長瞪著飛彈。敵人的飛彈在間不容髮之際衝入鋁箔雲中。

出現閃光。接近信管作動，飛彈爆炸。爆風吹開了鋁箔雲，侵襲艦橋。

安艦長爲了閃躲爆風而趴下。船身大幅度搖晃，震飛了防風玻璃。緊急警報響起。

被爆風襲擊的偵察員滿身鮮血，倒地不起。

「醫護兵！」

聽到大吼聲。救護班的醫護兵跑了過來，抬走傷者。安艦長趕緊站了起來。

「損害控制！情況如何？」

『損害控制報告！後甲板煙囪附近中彈。損害程度爲中度。排氣裝置、一部分雷達儀表板、左舷ＣＩＷＳ、倉庫都遭到破壞。倉庫發出火災！已出動救火班。』

聽到損害控制的官兵的報告。

『目前航行不會受阻！』

總之，心臟部分的機械部分沒有問題。安艦長對著傳聲管大叫：

「CIC室？」

『一部分火器管制無法操作。對空雷達聲納運作正常。』

孫少校回答。安艦長覺得背後冷汗直流。

如果CIWS與七六釐米對空砲彈無法作動的話，船艦幾乎是無防備狀態。如果飛彈再度來襲，則萬事休矣。

「無法修復嗎？」

『試試看。使用代替迴線操作吧！』

「快一點，拜託你了！」

安艦長不斷地向上天祈禱。

『又多出了許多死傷者。快找救護班！』

在一旁聽到命令的副艦長趕緊對著傳聲管大叫：

「救護班！快到後甲板！」

在艦橋附近待機的救火班及救護班的要員們，慌慌張張地在通道上奔跑。

「報告艦長！雷達恢復了。」

安艦長從艦橋看著空中。

「CIC室，敵人飛彈如何？」

『没有看到飛彈。』

對艦飛彈的攻擊終於結束了。但是不知道敵人何時會再展開攻擊。

安艦長鬆了一口氣，看看周圍的海面。

「通信員，向旗艦『安陽』報告。本艦被飛彈擊中，對空防禦能力降低。想趕緊脫離戰域，請求准許脫離。」

「立刻發電報。」

通信員開始聯絡。

水平線上冒出幾條黑煙。很明顯地可以看到我方艦隊損害極大，總共有十幾艘平安無事的旗艦只有『安陽』而已。

到底哪一方獲勝了呢？可能「雄風Ⅱ型」反艦飛彈的攻擊，也給與敵人艦隊相當大的打擊吧！但是在水平線彼岸的戰鬥，看不到敵機的身影，所以無法推測打擊的情形。

「艦長，『遼陽』緊急聯絡。無法航行，要全員退艦。趕緊救援組員。」

「了解。回電立刻前往救援。」

安艦長看著『遼陽』。前甲板和艦橋後方附近也開始燃起了黑煙。

『遼陽』艦長陶中校，是他在海軍士官學校的同期生。安艦長祈禱他平安無事。

「取右舵！中速前進。朝『遼陽』前進。」「取右舵。中速前進。朝『遼陽』前進。」

操舵員複誦。

「旗艦『安陽』聯絡。第一護衛戰隊可以從戰鬥海域撤退。」

「回電告知，本艦打算救出『遼陽』組員之後再撤退。」

安艦長命令通信員。

14

「停止射擊。」「停止射擊。」

砲術長的怒吼聲傳遍艦橋。最後敵人的對艦飛彈衝入鋁箔雲中，在到達運輸船前就爆炸，水面上濺起一條大水柱。

對空砲座的發射聲停止。驅逐艦「南京」持續閃躲運動，準備抵擋來襲的對艦飛彈的風暴。

「敵人飛彈如何?」

唐艦長利用傳聲管詢問情報管制室，情報管制室回答:

『没有看到飛彈!敵人編隊已經撤退了。只有在上空有我方飛機的編隊。』

「美國第七艦隊呢?」

『位置不變。』

「看來已經停止攻擊了。」

唐艦長對著坐在司令席的顧上校説。顧司令看著艦橋外，慢慢點點頭。

「但是，這只不過是第一波而已，敵人還會來的。趁現在要儘量將運輸船隊送達臺灣本島附近。」

顧司令看著在海上展開的運輸船隊的船影。海洋上冒起幾十條黑煙。已經有幾十艘的登陸艦及運輸船隊被擊沉。

船隊護衛的驅逐艦和護衛艦損害相當大。僚艦的驅逐艦「吉安」受到敵人飛彈的直接攻擊，而被擊沉。

「通知全艦。報告損害。各艦要救出在附近海上漂流的組員。」

顧司令命令通信員。

冒起黑煙的運輸船在周圍漂盪。救援的運輸船和登陸艦放下救生艇，開始救助在海浪間漂浮的組員及生還者。

在數公里遠的前方，看到半浮半沉的護衛艦「清江」。舷梯已經放下，組員們開始避難。

唐艦長對操作員說：

「恢復原先的航向。減速。中速前進。前往救援『清江』。」

操舵員複誦，並且轉動舵輪。速力急速減慢。「南京」靜靜地將航向轉回東方，隨波前進，在眼前已經可以看到臺灣本島的島影。

『司令，第六護衛艦戰隊的損害，驅逐艦「吉安」「長春」和護衛艦……三艘被擊沉。護衛艦「清江」等四艘中度損害。嚴重損壞的兩艘已經無法航行了。中度損害的兩艘可以航行，但是戰鬥能力降低到百分之五十以下。』

聽到情報管制室的報告，唐艦長看著顧司令。

南海艦隊再編第六護衛艦戰隊的十艘當中，平安無事的只有「南京」等三艘而已。

唐艦長咬著嘴唇。

南海艦隊第六護衛艦戰隊，原本就是位於最接近敵人艦隊的位置，早就覺悟到會有很大的損害，但是沒想到出乎意料之外。事實上，南海艦隊可以說已經被毀滅了。

通信員大叫著。

「司令，『長沙』艦長緊急來電。機械室泡水情況嚴重，損害部位修復困難，恐怕會爆炸。因爲無法航行，請求允許自爆自沉。」

「長沙」是因爲遭受飛彈攻擊而嚴重受損的驅逐艦。顧司令嘆口氣說道：

「沒辦法。回電給『長沙』。感謝貴艦的奮鬥。全員離艦之後，允許自沉。」

「司令，『衡陽』的緊急聯絡。『衡陽』艦橋部和後甲板中彈，中度受損，無法戰鬥，請求和僚艦『南平』一起脫離艦隊。」

驅逐艦「衡陽」和護衛艦「南平」都中彈，不過機械室未受損，可以航行。顧司令點點頭。

「回電。允許『衡陽』及『南平』脫離。希望兩艦平安無事回航，期待再起。」

顧司令面色凝重地探出身子。

「第四、第五護衛戰隊的損害情形如何？」

「請等一下。」

管制室要員回答。

「情報進來了。第四、第五護衛艦戰隊的損害情形也很嚴重。第四護衛艦戰隊的十六艘當中，一艘被擊沉、兩艘中度損害。但是，十三艘可以戰鬥。第五護衛艦戰隊的第三三護衛隊的八艘中，一艘被擊沉，兩艘中度損害，其中一艘無法航行，但是五艘可以戰鬥。』

唐艦長鬆了一口氣。第四、第五兩護衛艦戰隊的戰力，總計還剩下十八艘。第六護衛艦戰隊還剩下三艘，總計爲二十一艘。具有足夠防止敵人第二波攻擊的力量。

「運輸船隊的損害情況如何？」

『運輸船隊司令部的報告。二十二艘被擊沉或嚴重受損，似乎還有其他的損害情形。不過，不久之後第一陣的運輸船隊將會到達臺灣北部地區海岸。』

顧司令搖搖頭。

「如果高速飛彈艇戰隊不能從側面衝入敵人艦隊中，我們目前的狀態恐怕無計可施。」

「沒有航空支援的話可就糟糕了。」

唐艦長搖搖頭。通信員大叫著。

「司令，艦隊司令部來電。」

「說什麼？」

「第六護衛艦戰隊的第四、第五護衛艦戰隊會合兩隊，一起護衛運輸船隊。」

顧司令嘆了一口氣，看看唐艦長。

「回電給艦隊司令部。本艦以下三艘持續進行船隊護衛任務。」

唐艦長下定決心說道：

「即使只剩一艘船艦，還是要保護運輸船隊免於敵人的攻擊，這是我們的任務。」

「我們痛苦的時候，也是敵人痛苦的時候。敵人艦隊的損害一定也很大。」

在地平線彼端燃起了幾條黑煙。是敵人艦隊艦艇燃起的煙。

『艦長，偵察機報告。敵人艦隊撤退。』

聽到情報管制室的報告。唐艦長和顧司令點點頭。

「很好。現在趕緊由補給艦補給彈藥。」

唐艦長命令通信員趕緊聯絡補給艦。在敵人展開下一波攻擊之前，還有一段時間。現在就要趕緊準備下一次的戰鬥。

眼前可以看到冒著黑煙的護衛艦「清江」。艦身已經大幅度傾斜，露出側面。在周圍的海面有跳入海中的水兵們，在海面載浮載沉。

唐艦長大叫著。

「引擎停止。」「引擎停止。」

「放下舷梯。救護班到甲板待命。」

副艦長大叫著。艦內立刻展開忙碌的行動。

15

東京・總理官邸會議室　8月2日　下午5時

秘書官將文件分配給出席者，然後離開了會議室。

被徵召參加緊急國家安全保障會議的閣僚及相關人士，都面色凝重地坐在位子上。

才剛走進室內的青木外相，用眼神向濱崎首相、閣僚及熟悉的成員們打招呼。

「應該覺悟了，事態真的很嚴重。」

「的確如此。」

青木外相臉色有點蒼白，看著濱崎首相說道：

「總理，美軍已經對臺灣海峽進行軍事介入。看來我國必須自動地和美軍一起向中國軍隊開戰了。」

「嗯。先前才接到華盛頓辛普森總統的通告。和北山内閣官房長官商量過，緊急召集諸位來商議。同時也請參加統合幕僚會議的人參加此次會議。」

濱崎首相看著掛在牆上的多媒體螢幕。螢幕上正映著在市谷所舉行的統合幕僚會議運用部會議室。

包括河原端統幕議長在内，陸海空三幕的幕僚長，以及剛從琉球回來的新城作戰部長都到齊了。

青木外相嘆息地說道：

「辛普森總統說了什麼呢？」

「中國破壞了不用武力統一臺灣的約定，因此，美國不得不爲了支援臺灣而進行軍事介入。基於美日安保條約，日本也必須要盡義務。目前希望日本自衛隊進行後方支援業務，以及日本各港灣設施及機場設施可以允許美軍使用。」

「你怎麼回答呢？」

「持保留態度。即使簽定美日安保條約，但是事前没有協議，美國任性地進行軍事介入，連我國都捲入，真是困擾。我國和中國也締結了中日和平友好條約。所以我告訴辛普森總統，我國對於這次不能介入而深表遺憾。」

青木外相點點頭。

「這樣我知道了。駐日大使對日本提出强烈要求，希望日本實行美日條約。我回答他說會趕緊與總理協議，但是駐日大使非常生氣，認爲日本似乎不打算遵守國際條約的決定。」

「總理，那麼我國要不要和中國作戰呢？」

防衛廳長官栗林面色凝重地問道。通產相川島也以不滿的神情看著濱崎。

「如果美日兩國不齊頭並進的話，對於今後通商會造成極大的影響。應該將安保條約遵守到最大限度，我國也有參戰的義務才對。」

「我知道。各位的想法我以前就已經知道了。」

濱崎首相面露微笑地說著。

「但是，你卻回答辛普森總統要持保留態度。」

「保留並不是拒絶，而是要愼重地決定。美國和我國的情況完全不同。如果我國率先進行戰鬥行爲，中國的矛頭將會指向我國。所以首先必須要說服國民，一定要保持專守防衛的態度。我國如果採取勉勉强强追隨美國的形態，中國就沒有理由攻擊我們。所以我國一開始就要保持只是追隨美國的態度。」

「那你打算怎麼做呢？」

栗林長官不高興地問道。

「以前在安全保障會議中也談過。我國必須要發動獨特的對中國戰略才行。青木外相，還是由你說出方針，聽聽各位的意見吧！」

青木外相打開手邊紅色封面的文件。

「先說省內在對中國戰略檢討委員會中愼重研討的結果。結論就是對於中國要停止採取溫和政策，今後要與美國採取共同步調，要以結束在亞洲的冷戰爲最終目標。所以可以稱爲結束冷戰戰略。也就是中國話所說的和平演變。戰略目標是想以和平手段，瓦解中國或北韓的共產黨一黨獨裁體制。」

會議室一陣喧嘩。青木外相暫時打住話語，看看周圍的人。

「也就是說，目標指向使共產黨體制，也就是社會主義體制瓦解，使中國解體。使得擁有十三億人口的中國進行內部分裂，成爲幾個民主國家。這樣子就能夠促使中國避免在二十一世紀擁有亞洲的霸權。相信各位也能瞭解這種戰略吧！」

栗林長官說道：

「你想，用和平的手段可以達到這個目標嗎？中國和蘇聯可不同哦！蘇聯是因爲戈巴契夫進行民主化，而使經濟自由化，因此才從內部瓦解。而中國領導部一直避免成爲蘇聯第二。所以就算採取和平攻勢，恐怕不適用於中國的情況。」

「這一點也充分檢討過了。但是實際上，我國有和平憲法，不能使用武力。因此必須在矛與盾的關係中展現行動才行。盾是我國，矛是美國。所以美日兩國的共同步調非常重要。我國不要和美國一樣一併採取攻擊面的行動。但是，卻可以藉著和平手段給予中國壓力。這一點我們可以辦到。」

「要怎麼做呢？」

通產相川島感到很訝異。青木外相點點頭說道：

「首先，就是通知中國，如果不立刻停止對臺灣的武力統一的話，則我國包括ODA在內的一切經濟援助將會停止，同時也停止貿易交易與資本進駐。而且，如果繼續對臺灣進行武力攻擊的話，則我國會贊成臺灣加入聯合國。」

會議室一片沉默。

「第二，就是我國要和聯合國及ASEAN諸國互助合作，進行建造中國包圍網的工作。不是公然的，而是秘密進行。所有國家禁止對中國進行軍事技術、軍事物資及戰略物資的輸出，同時要停止經濟援助及資本輸出。

因此，我國必須要和俄羅斯或中國的宿敵印度、越南建立更友好的關係。」

青木外相繼續說道：

「第三，如果不和美國採取共同步調的話，我國是辦不到的。也就是說，爲了使中國內部分裂，可以承認與中央對立的華南共和國、東北三省的滿洲共和國。秘密地對於華南共和國及滿洲共和國進行軍事援助及經濟援助，讓中央從南北開始瓦解。

對於西藏及內蒙古、新疆維吾爾地區等的獨立運動，我們也要進行軍事援助和物資的補給。使得游擊活動更爲活絡化。」

「這樣做具有實效性嗎？」

栗林長官詢問川島通產相。

「利用這個方法，恐怕中國領導部會不高興。而且可能會引起國際輿論的反彈哦！」

「但是，我國不能使用武力，還有其他的好方法嗎？」

青木外相看著栗林長官及川島通產相。

兩人沉默不語。濱崎首相莞爾一笑。

「就是因爲如此。當然問題是比較花時間，但是比起沒有任何戰略目標，只是進行當時的外交戰略而言，應該更好。要具有百年、甚至兩百年的長期戰略眼光，要和大國中國相處，首先最好的方法就是中日不要爭奪亞洲的霸權。」

濱崎首相看著螢幕。

「臺灣海峽的情勢如何？河原端統幕議長。」

河原端統幕議長指著背後的狀況表示板，加以說明。

表示板上顯示中國大陸沿海部分與臺灣、琉球群島到奄美大島、九州地區全都含蓋在內的地圖。

在各地區有紅色記號的中國軍，以及白色記號的美國軍、黃色記號的臺灣軍，還有藍色記號的自衛隊的配置情況。

『中國在海空軍的支援之下，進行大部隊的渡航作戰。臺灣陸海空三軍加以反擊，想要阻止部隊登陸，但是無法防範，似乎已經讓部隊登陸了。現在對於從南北前來攻擊的中國軍，臺灣軍進行反擊，但是中國軍隊佔優勢。不過，因爲美軍介入，今後的狀況，我想應該是臺灣軍會佔優勢。中國軍似乎打算投入預備兵力，臺灣海軍蒙受極大的損害。看衛星圖片的分析，似乎中國軍隊也出現了相當大的損害。』

「現在還無法決定誰佔優勢嗎？」

『還沒有辦法決定。因爲狀況具有流動性。』

內閣安全保障室長向井原舉手要求發言。

「什麼事？向井原室長。」

「如果中國將侵略的矛頭指向我國，那該怎麼辦？」

「你可以假設一下是什麼樣的事態呢？」

「中國攻擊琉球群島，或者是攻擊九州或本土。」

「有這個可能性嗎？」

「根據我收到的情報，這個可能性很高。而且達到七十%以上的機率。」

濱崎首相看著TV螢幕。

「河原端統幕議長，你的想法如何？」

「我與向井原內閣安全保障室長有同感。關於這件事情，由新城作戰部長來說明吧！」

河原端統幕議長看著同席的新城作戰部長。新城作戰部長點點頭，站在背後的地圖前。

「中國軍隊使用迂迴釣魚臺附近的迴廊，進行大空域作戰。而在海峽的北部區域，利用大運輸船隊運送登陸部隊。」

新城作戰部長用紅色的雷射光線，簡單地說明狀況。

「美國第七艦隊的第五航空母艦戰鬥群接近海峽北部，利用航空戰力進行阻止活動，這是目前的情況。而我國自衛隊從海空警戒琉球海域，進入第七艦隊後方支援狀態。我國自衛隊只有在中國軍隊進入我國領海內進行攻擊時，才能行使反擊權。」

新城作戰部長用手指著在東海海上的中國海軍艦隊。

『問題是在第七艦隊北邊，從奄美大島海域到鹿兒島海面的中國海軍航空母艦戰鬥群的動向。這個中國海軍航空母艦戰鬥群，是擁有兩艘航空母艦的機動部隊。先前中國海軍航空母艦戰鬥群牽制第七艦隊，通往東海。但是在一小時前，似乎改變了行動。』

「你是指？」

『第七艦隊被綁在臺灣海峽時，中國海軍機動部隊可能對我國發動先發制人的攻擊。航空母艦不斷地派出偵察機，來回飛翔於琉球群島北部海域和奄美大島的空域。電子偵察機似乎已經到達鹿兒島海域，而正在搜尋我國自衛隊的緊急出動狀態等。問題是中國海軍的核子潛艇集結在日本海溝及東海。』

「有什麼目的呢？」

『我想，可能是要遮斷對於琉球的補給路線吧！』

濱崎首相看著向井原內閣安全保障室長。

「我不認爲中國會直接與我國對決。」

「不。這個可能性很大。根據我所收到的精確度極高的情報，黨中央軍事委員會的秦中將似乎已經推出了將東海納爲內海的大中華圈構想。」

「大中華圈構想？把東海當成內海？這是怎麼回事啊？」

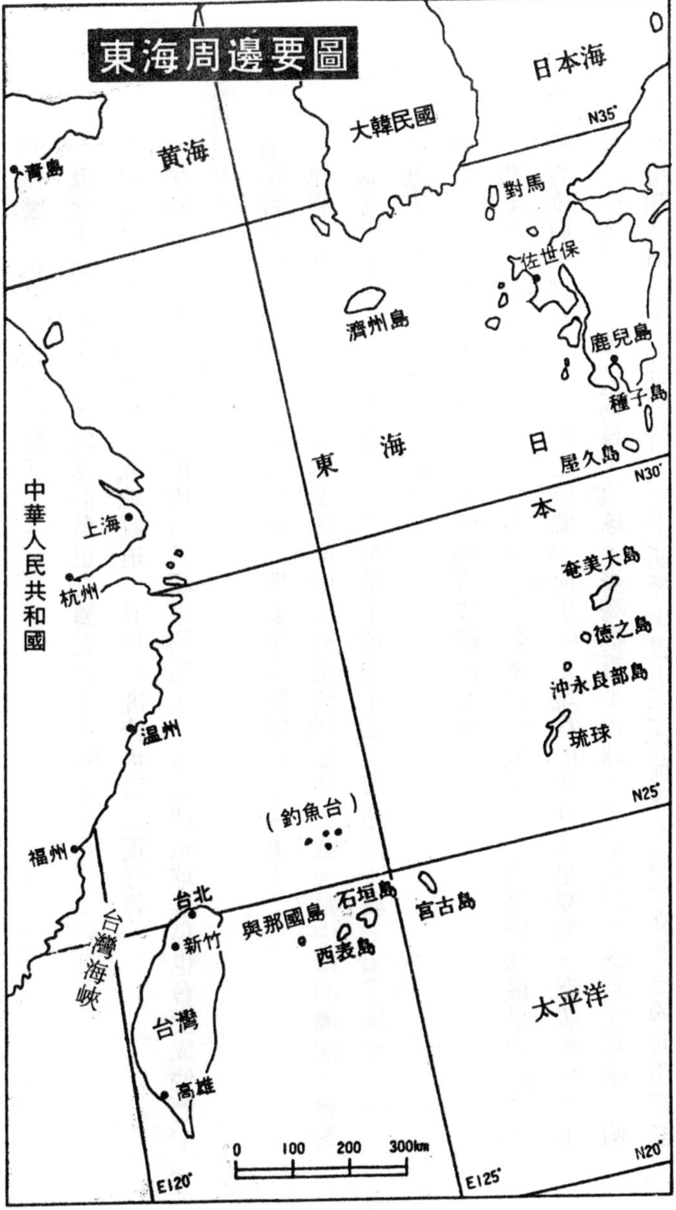
東海周邊要圖
日本海
大韓民國
N35°
黃海
青島
對馬
佐世保
濟州島
鹿兒島
種子島
屋久島
東海
日本
N30°
中華人民共和國
上海
杭州
奄美大島
德之島
沖永良部島
琉球
溫州
N25°
（釣魚台）
福州
台北
石垣島
宮古島
與那國島
新竹
西表島
台灣海峽
台灣
太平洋
高雄
0 100 200 300km
N20°
E120°
E125°

「也就是說，他們似乎想要將琉球群島視爲是昔日的中國領土，加以奪回。」

「什麼！竟然說出這種蠢話。」

「就歷史的演變來看，琉球群島也是屬於日本的啊！」

栗林長官和川島通産相生氣地說道。其他的閣僚也發出驚呼聲。

「中國一向主張釣魚臺是他們自己國家的領土，難道連琉球群島也會變成他們中國的領土嗎？」

濱崎首相生氣地說道。而向井原内閣安全保障室長則說道：

「他們認爲從隋朝時，琉球王國與中國有密切的關係，甚至是中國的屬國，會對歷代王朝獻上貢品。可是日本用武力擊潰了琉球王朝，以非法手段佔領了琉球。」

「歷史，到底是怎麼回事啊？」

濱崎首相看著青木外相。青木外相將眼鏡往上推。

「歷史上，琉球在『隋書』東夷傳中的名稱是『流求』，這是琉球最早的記述，隋朝時的確與中國有交流。但是這個『流求』是現在的琉球或是臺灣，衆說紛紜，不得而知。中國將琉球本島稱爲大琉球，臺灣稱爲小琉球，而當時的琉球到底是哪一個卻無法得知?但是十四世紀時，在中國歷史書上記述琉球本島分立的三國向明朝進貢。十五世紀時，三國統一，成爲獨立的琉球王國。到了十七世紀時，被薩摩軍征服，由明治政府加以統治。不過，琉球王國在成爲日本領土之前，是獨立王國，並不是中國的屬國。」

「這麼說中國的主張不正確囉？」

「從中國的道理來講，一旦向中國進貢的國家，就是他們的屬國。如果以中國領土來說，屬國還包括了朝鮮半島，日本的大和朝廷也可能是中國的屬國。這的確是愚蠢的說法。」

濱崎首相點點頭。

「我知道了。我只想確認這件事情。」

「總理，如果說中國真的攻擊琉球群島，我們是否可以發動自衛權呢？」

栗林長官大聲問道。濱崎首相用力點點頭。

「當然。立刻發動自衛權加以反擊。但是，我不相信中國會爲了追求霸權而攻擊琉球。」

「總理，不可掉以輕心。他們真的在認真考慮大中華圈的構想。否則就不會將西藏稱爲是自國的領地，要將其殖民地化了。只要對方稍不留意，他們就會立刻加以侵略。歷史證明了這一點，所以還是要加强警戒。」

向井原內閣安全保障室長强調地說道。

「嗯。我瞭解了，有備無患。」

濱崎首相看著在螢幕上的河原端統幕議長等人。

「諸位對於中國的動態要繼續加强警戒。萬一假設琉球遭到攻擊的話，一定要做好萬全的準備。」

『知道了。』

河原端統幕議長在畫面中點點頭。

濱崎首相看著青木外相。

「緊急聯合國安全保障理事會的情況如何？」

「會議已經開始了。」

「我國在聯合國安全保障理事會中，會和美國一起提議立刻停止臺灣海峽的戰爭。而且要求聯合國派遣和平軍，維持臺灣地區的和平。」

栗林長官說道：

「總理，到時候我國是否也要派兵參加聯合國和平軍呢？」

「長官似乎很想將自衛隊派到海外去嘛！如果是來自他國要求，當然身爲提議國，又是安保理常任理事國，一定要出動PKF。我國對此也要抱持覺悟之心。」

濱崎首相回答。

第二章　轟炸日本本土

1

華盛頓DC總統辦公室　8月1日　東部標準時間晚上11時30分

辛普森總統打了一個呵欠。

自從昨天以來一直沒有睡。由於臺灣情勢瞬息萬變，根本無暇休息。雖然已經接近深夜了，但是在辦公室還聚集了國防部長德納爾德・漢斯，以及白宮的最高階層成員。

國家安全局局長湯瑪斯・荷南看著電腦螢幕，報告情勢。

「……根據偵察衛星送來的圖片，臺灣海軍和空軍驍勇善戰。但是，中國海軍和空軍的物量龐大。臺灣海軍艦隊蒙受極大的損害，而且彈藥不足，爲了補給彈藥，暫時從戰域撤退。當然消耗了許多彈藥及飛彈，所以台灣政府當局要求緊急軍事支援。」

「雖說物量龐大，但是臺灣海軍擁有比中國海軍更多的高科技武器裝備，應該能夠充分應付吧！」

辛普森總統問道。國防部長漢斯搖搖頭說道：

「高科技當然就要付出高成本。也就是說，有成本以及對費用效果的問題。例如，對於目標的船舶用對艦飛彈加以攻擊，如果對方是最新的驅逐艦，對費用的效果很大。但是如果目標只是改造漁船，即使擊沉了幾艘這種運輸船，可是一枚卻要耗費三十二萬美元以上的對艦飛彈的成本。而臺灣海軍使用的則是昂貴的國產對艦飛彈『雄風』。中國海軍則利用改造漁船及改造遊艇編成大規模的運輸船隊，數量達到千艘以上。甚至將有些普通漁船都當成運輸船來使用。

雖說擊沉一艘改造漁船，用廉價的火箭彈就夠了，但是雷達無法區別。臺灣海軍無法區別目標，因此只能發射攜帶的對艦飛彈。就量和費用而言，飛彈當然不夠。我國借給他們的O・H・Parry級驅逐艦，一艘中裝備的對艦飛彈有三十枚。對空飛彈和彈藥也有限，而敵人的目標實在太多了。」

「雖然武器品質極佳，但是費用和量有一定的界限嘛！」

辛普森總統點點頭。

「不光是如此。在這次的海戰中，中國海軍避免從正面與艦隊決戰，而大量投入了伏兵高速飛彈艇部隊。高速飛彈艇從側面對臺灣海軍展開奇襲攻擊，一起投射對艦飛彈。最麻煩的就是中國配備在附近島上的地對艦飛彈同時發射，而且還有來自空中的空軍軍機，大量地發射空對艦飛彈。也就是説，使用的雖然是舊式的對艦飛彈，可是兩枚、三枚的，軟體、硬體總動員，還是可以擊毀艦隊。對一艦同時發射十枚，甚至還有些時候會發射二十枚。並不是最新的宙斯頓艦，而且臺灣海軍配備的舊型對潛驅逐艦或護衛艦，没有辦法應付大量湧來的飛彈。也就是説，由於飛彈的飽和攻擊，臺灣海軍蒙受極大的損害。」

「如果我國第七艦隊遭受同樣的攻擊，該怎麼辦？」

「宙斯頓艦同時可以應付二十四枚的目標。而且配備了四艘宙斯頓艦，就計算上而言，可以應付一百枚的目標。」

「但是，實戰與計算畢竟不同。」

「的確如此。所以，實際會發生何種情況是不得而知的。」

正在翻閲中國情勢秘密報告書的負責安全保障問題輔佐官巴納德・格里菲斯開口説道：

「攻擊的中國軍勢力如何？」

「中國軍這次投入海峽渡航作戰的水上戰鬥艦艇，包括南海艦隊與東海艦隊，總計二十四艘。還有先前所叙述的高速飛彈艇約七、八十艘，投入側面攻擊。以及戰車登陸艦及登陸艇、貨船、改造遊艇、改造漁船等運輸船舶，總計大約一千艘以上。」

「臺灣軍給予中國軍損害的情況如何？」

「就衛星的觀測，驅逐艦和護衛艦等擊沉了八艘，六艘受到嚴重的損害，還有未確認的數字。高速飛彈艇被擊沉十幾艘。而運輸船隊目前還沒有報告，但是概略計算約有七十艘以上，不是被擊沉就是嚴重受損。可是，中國軍還是强行渡航作戰。」

「我軍的成果如何？」

「我軍因限於航空支援，只擊毀敵機四十三架。我們的損害是偵察機、哨戒直升機各一架。而對中國艦艇還不能夠進行攻擊。可是，隨時都可以發射對艦飛彈。」

國防部長漢斯，啪地一聲闔上手邊的檔案。

辛普森總統對第七艦隊下達命令，對中國軍隊的攻擊只限於來自空中短時間的攻擊。而在這段期間內，由聯合國安全保障理事會探討臺灣與中國問題，要求立刻停戰。如果中國軍還是要繼續以武力侵略臺灣，這時就可以允許對艦艇發動攻擊。

「中國軍可能不會停止攻擊。」

「是的。只要使用一枚核子武器消滅他們，就很簡單了。」

國防部長漢斯笑了起來。

「就是因爲不能這麽做，才會覺得很痛苦啊！在對方沒有使用核子武器之前，我們也不能使用。現在是必須忍耐的時刻。」

辛普森總統摸摸下巴。秘書官敲敲門，將門打開。

「國務卿來了。」

「請他進來。」

國務卿約翰・吉布森進入辦公室時，將手邊的文件扔在桌上。

「唉呀唉呀！好累！」

「情況怎麼樣？」辛普森總統慰勞他。

「不出所料，中國强烈反對召開安保理事會。認爲安保理事會干涉中國的內政，而且希望我國立刻從臺灣海峽無條件撤退。」

「安保理事會即使在中國强烈反對之下，還是打算召開嗎？」

「當然囉！除了紛爭當事國中國之外，其他的理事國全部出席，現在正在擧行會議。」

「理事國各國的情況如何？」

「按照往例，俄羅斯接受中國的意向，揭示聯合國安保理事會不應該干涉他國內政的原則論，採取消極的介入方式。」

「俄羅斯自己國內也面臨了這些問題吧！」

「日本大使對於我國直接的軍事介入，也抱持著反對的態度。」

「奸詐老狐貍。他在熱線中也是這麼說的。說我國如果在遠東展開軍事衝突，基於美日安保條約，他們必須自動被迫參戰，這會造成困擾。還說我們半世紀以前制定的憲法，規定日本不能夠參與戰爭，因此只能進行後方支援，這次的作戰行動，應該要事前和日本協議等等。」

「總統，要出動日本不需要事前協議，只要通知他們就可以了。即使是事後通知，也足夠了。可是對方卻採取勉勉强强的態度，這是日本人的特徵。」

一直沉默不語的對日强硬派的邁亞·耶爾茲巴克輔佐官開口說道。

「不過，日本是我們在亞洲最重要的伙伴，所以不能夠忽略他們的意向。」

「沒問題，日本的輿論絕對不會要求背棄與我國的同盟，而與中國同盟的。是吧！加納長官。」

ＣＩＡ長官艾德蒙·加納說道：

「正如耶爾茲巴克輔佐官所說的。濱崎首相嘴巴說要和我國保持一定的距離，但是我想這不是他的真心話。日本政府首腦不管發生任何事態，我想都不願意背棄美日同盟的。因此，對這次事態的反應，是兼顧到中國的想法才這麼做的。事實上，濱崎首相或青木外相等人，應該會改變對於中國的溫和政策。」

「哦！打算怎麼做呢？」

「與我國所希望的戰略大致相同。使中國進行內部分裂，以進行結束亞洲的冷戰為目標。」

「這是很好的傾向嘛！」

「但是，如果與我們太接近的話，恐怕會飽受中國的直接威脅。所以對於這次的安保理事會，他們也採取消極的態度。」

「我也是這麼認為。」

國務卿吉布森點頭。辛普森總統啜飲著咖啡，問吉布森：

「中國對於我國的介入，有怎樣的反應，會不會收兵呢？」

「不，他們在態度上非常地强硬。對我們說的話完全充耳不聞。」

國務卿吉布森用手指按按眉間，搖搖頭。國防部長漢斯很不高興地說道：

「因此，我一開始就反對這種半途而廢的軍事介入法。要擊毀中國軍，一定要徹底擊毀，讓他們體無完膚才行。應該要把打算渡過臺灣海峽的船全部擊沉，這樣的話，中國才會發現現實的殘酷，停止行動，進行停戰交涉。」

「不不！我認為現在這種程度就足夠了。」

輔佐官格里菲斯反對國防部長的意見。

「為什麼呢？對中國不能發動這種攻擊嗎？」

「我瞭解。但是一旦將中國逼入牆角，恐怕會造成百年戰爭。中國人是非常驕傲的民族，如果有損他們的面子，反而會促成民族統一，這就是北京的想法。他們希望十三億人將目標對準我國，這樣我國就糟糕了。他們希望把自己封閉起來，成爲強力的軍事國家。與其窮追猛打，不如停戰較有利。所以暫時不要在臺灣海峽擊毀他們，只要挫挫對方的銳氣就可以了。可不要沾污了他們的面子。」

「我也贊成輔佐官的說法。」

國務卿吉布森點點頭。辛普森總統歎氣地說道：

「總之，安保理事會要立刻做出即時停戰的決議。我想再打熱線電話到北京，希望他們停止攻擊臺灣。瞭解中國的想法，再進行下一步吧！」

2

上海・四平路　8月4日　正午

聽到警報響起，拖著令人很不舒服的尾巴，抑揚頓挫的聲音持續鳴叫著。

北鄉弓踩著自行車踏板，感到非常驚訝，不知道是什麼樣的警報。白天的警報似乎發出太遲了，在周圍騎自行車的中國人似乎一點也不在意。

這時揣在胸前口袋中的行動電話拼命地震動。弓把自行車騎到車潮外，停在路邊。按下行動電話的通話按鈕，耳朵貼著聽筒。

『是弓嗎？』

是哥哥北鄉勝的聲音。

「怎麼回事啊？哥哥。」

『情況有變，不要回到秋葉原。』

秋葉原是秘密地下活動指揮部的電子基地。

「情況怎會有變？」

『武警及公安都趕來了。我們要逃走。妳也要趕快逃，絕對不要在秋葉原附近徘徊。』

「要逃到哪兒去？」

弓感覺到很不安。負責聯絡工作才剛把包裹交到其他同志聯絡員的手上，正在回程的途中。既然不能回到指揮部，沒有辦法和同志配合，就會自己孤獨一人了。

弓心急如焚。

『這電話可能會被竊聽。所以不能說。與大家的命運有關。』

「那我該怎麼辦呢？」

『以後再跟妳聯絡。在此之前，趕緊找地方躲起來。』

「好，就這麼辦。」

電話掛斷了。弓感到困擾，背上背了背包，裡面只塞了一點書和點心，錢包裡幾乎已經沒有錢了。此外，還帶了一把護身用的自動手槍。

但是，拿著手槍如果遇到公安的職務盤查，恐怕更爲不利。

此外，在上海只要是日本人，都被視爲是必須要注意的人物。中國的官員往往會隨便找些藉口，就逮捕外國人。

使用行動電話非常方便，但是除了最低限度的聯絡以外，儘量不使用。這是于正剛的吩咐。

行動電話中輸入了同志的電話號碼，萬一行動電話被奪走的話，會遭受致命的打擊。弓又把行動電話放回口袋裡，總之，還是要到四平路的指揮部附近去看一看，也許什麼事也沒發生呢！

到達四平路的入口。大街上擠滿了人，武裝警察隊的制服警官們阻絕了交通。

弓感覺非常不安。正如哥哥勝所說的，四平路一帶被封鎖，指揮部一定被警官隊襲擊了。有幾輛大型運輸卡車停在巷子裡，但是警官都不在車上。

弓在群衆的背後伸長著脖子，看著指揮部所在地的同志工廠的建築物。由於看熱鬧的人群非常多，因而沒有辦法看清楚對面的情況。警官們大聲怒吼著，想要趕走看熱鬧的人。而看熱鬧的人不顧警官的怒吼，並不打算離去。

「發生什麼事啦？」

弓戰戰兢兢地詢問在旁邊的女高中生。

「好像武警在突襲强盜躲藏的住家。」

女高中生伸長著脖子回答弓。

「强盜？」

「剛剛聽到槍聲，一定是犯人抵抗，變成了槍戰。」

弓臉色蒼白。不知道勝和劉進等人是否平安無事地逃走。

還有那些少年們是否平安無事呢？

弓抓著自行車的把手，不知該怎麼辦？這時有人拍拍他的背後。

弓高興地回頭。心想應該是認識的人。

「妳是日本人嗎？」

看到一位目光銳利的男子站在那兒。穿著夾克，縐巴巴的褲子。弓一看就知道他是公安。

「不，不是的。」

弓笑著搖搖頭。

「妳的普通話發音很奇怪。妳不是上海人，妳是打哪兒來的？」

公安狐疑地看著弓。周圍又聚集了看熱鬧的人群。

「我從內蒙古來的，所以不會說上海話。北京話也說得不好。」

「是學生嗎？」

「嗯。是的。」

「讓我看看妳的身分證，有學生證嗎？」

「你是誰啊？有什麼權利對我說這種話？」

弓故意大聲地說著。周圍看熱鬧的人又湧了過來。

穿著便服的男子似乎要從口袋中掏出身分證明書。夾克下露出插在腰際的手槍。掏出的是一本有標識的紅色手册。

「我是國家安全部的人。」

「國家安全部？真的嗎？你難道不是假裝國家安全部公安的誘拐犯嗎？」

先前的高中女生似乎同情弓，插入弓和穿著便服的男子之間，爲弓助陣。

「囉唆！沒關係的人住口。」

穿著便服的男子將高中女生推開，女生發出哀嚎，倒在路上。周圍看熱鬧的男子們都非常生氣，圍向先前的男子。

「你真的是公安嗎？」「怎麼打人呢？」「太過分了！」

「我是國家安全部的人員。阻曉我的人，我會將你們全部抓起來哦！妳跟我來。」

穿著便服的男子生氣地抓著弓的手臂，想要把他强行拉走。

這時，弓用膝蓋猛踢男子的股間。男子發出了慘叫聲。同時弓用右手肘撞男子的心窩。男子一聲不吭地蹲了下來。

周圍看熱鬧的人歡聲雷動。

「趁現在！快逃！」

一位看熱鬧的人抓著弓的手臂。穿著便服的男子想要拔出手槍，弓最後瞄準男子的下巴，用腳往上一踢。男子被踢飛出去，倒在路上。

「讓開讓開！」

聽到吵鬧聲的警官撥開人牆，跑了過來。有人抓住弓的手臂。

「跟我一起逃吧！」

好像是一位學生的青年。弓扔掉自行車，和青年一起鑽出看熱鬧的人群逃走。不斷地跑，聽到後面怒吼聲及鞋子聲追趕過來。青年拉著弓的手，穿過大街上騎著自行車的車潮。但是，大批制服警官還是在後面追趕。

弓跟著青年跑到小巷，在巷子中玩的小孩子們看到青年及弓。連雞都受到了驚嚇，不斷地飛舞逃散。

穿過了數條巷子，奔馳在狹窄的巷子裡面。青年不斷地喘著氣，弓也停了下來。

「到這裡應該沒問題了。」

青年喘著大氣，笑了起來。

「謝謝你幫我。」

「不，我感到很痛快。妳對付公安的那一手真是太棒了。尤其是最後的一腳，真是太俐落了。竟然把他給踢飛了。」

青年笑了起來。弓不斷地喘著氣。這下可糟糕了，完全被警察看到了，要逃到哪裡去呢?突然又考慮到現實的問題。

「我叫齊恒明。妳好！」

齊恒明伸出手。弓握住齊的手。

「我是北鄉弓。」

「妳是日本人嗎？」

「是的。我是留學生。你呢？」

「我也是學生。我在工業專門學校就讀。不過老實說，我被當掉了。」

齊好像很難爲情似地笑了起來。齊壓低聲音問道：

「妳真的是日本人啊？妳有沒有聽到先前的臨時消息？」

「不知道。說些什麼？」

「政府決定對日本人進行國外强制驅逐處分。」

「怎麼回事啊？」

「前些日子，日本海軍和空軍在中國領域的釣魚臺海域，用飛彈攻擊中國海軍的驅逐艦，將其擊沉。中國要對此採取報復措施。」

「那麼你又爲什麼要幫助我這個日本人呢？」

「我反對現在政府的作法。所以，不能夠坐視不顧。」

齊看看周圍的情況。雖然巷子裡不斷有行人往來，但是卻没有可疑的人。

「還有今天早上，美國支持臺灣，直接進行軍事介入。美國海軍的戰鬥機擊落了幾架中國空軍的飛機。」

「咦？是真的嗎？那是不是和美國展開戰爭了呢？」

弓感到很驚訝。自己竟然沒有聽到這個消息，一直騎著自行車。

「不知道會不會立刻展開戰爭。總之，這件事情不會就這樣算了。我國一定會和美國及日本全面對決。」

「糟糕了。那我該到哪兒去呢？」

弓覺得前途茫然，齊感到很訝異！

「妳住在哪裡？」

「四平路的公寓，但是已經不能回去了。」

「爲什麼呢？」

「公寓被武警攻擊。住在一起的哥哥和同志不知道逃到哪兒去了。」

「那麼，到我們那兒去吧！」

齊以輕鬆的語氣說著。弓感到一陣躊躇。剛認識的男子怎麼可能輕易地信任他呢？齊看起來不像是壞人，但是也不可能立刻信賴他。

「我說我們那兒，妳不用擔心。還有女同志。」

「女同志？」

「我們也是被公安追捕的人啊！我們偷偷進行反政府運動。因此，妳也是我們的同志，我們打算把妳藏起來。」

弓以半信半疑的眼神看著齊。

「跟我來吧！」

齊不在意弓的困惑，帶頭離去。

3

北鄉勝騎著摩托車，後座上載著兩名少年。

在前面的劉進左轉到巷子裡，停下車子。坐在劉進後座上的少年們，立刻跳下摩托車，跑進巷子裡。

勝也煞車，停向摩托車。坐在後面的少年們也跳下車。

「再見了！」「再見！」

「小冬、寧林，都要注意公安哦！」

勝大叫著。

「我們沒問題。老勝你才要注意呢！」

「準備好之後再跟你們聯絡。大家耐心等待吧！」

「OK。」「OK。」「再見！」

少年們各自對著勝和劉進們揮手，朝向巷子裡跑去。

劉進發動摩托車。勝跟在劉進之後，也騎著摩托車。

兩人終於從小巷來到自行車和車輛混雜的大街。放慢速度，跟著自行車及摩托車的車潮，兩人持續在大街上前進。

騎了一會兒，劉進舉起手來，指著和平公園。勝點點頭。劉進將摩托車騎進公園旁邊，停了下來。勝也將車停在他的旁邊。

公園有很多扶老攜幼的家人及年輕的情侶在散步，還有人在打太極拳。

在和平公園出入口的附近，聚集了小蘭等同志。小蘭很快地看到阿勝及劉進，舉手和他們打招呼，臉上露出了笑容。

逃離指揮部之後，大家在和平公園集合。

「大家都順利逃出來了嗎？」

阿勝看看聚集的同志。小蘭點點頭。

「除了外出的小弓以外，全部平安無事。小弓没事吧？」

「没問題。我叫她不要打電話給我。」

「太好了。我只擔心她。她在哪兒呢？」

「這就不知道了。她會等到我們和她聯絡的。」

「孩子呢？」

「他們也順利逃出了，現在已經回家了吧！」

小蘭面露安心的神情。

「趙隊長呢？」

劉進看看周圍，發現沒有看到趙忠誠隊長。

「趙隊長正在詢問第二指揮部的情況。確認安全之後再聯絡。」

指揮部不只有一處，爲了預防萬一，還準備了第二、第三的指揮部。劉進鬆了一口氣。

「太好了。一時還不知道該怎麼做呢？」

勝點點頭。

「但是很危險哦！再晚三十分鐘的話就無法逃出，全部都會被武警逮捕了。」

「爲什麼會被公安知道呢？難道羅立貴出賣我們嗎？」

羅立貴是上海公安局的幹部。受了于正剛的賄賂，名義上擔任縫製工廠的廠長。應該已經給了公安很多的資金。公安應該早就睜一隻眼，閉一隻眼了。

「不，應該不是如此。衝進來的是武警，不是公安。羅知道秘密基地的事情，應該感到很驚訝。」

勝笑了起來。公安與武裝警察之間的對立加深，互相爭奪功勳，互相較勁。劉進感到很訝異。

「但是武警怎麼會來呢？」

「不，不是武警自己來的。孩子們在電腦網路上經常出現『毛澤東』這幾個字，可能被國家安全部探測出來。武警沒有這種力量。在現場有許多指揮武警的便服男子們，這些都是國家安全部的人員。比公安更難應付。」

勝搖搖頭。小蘭很擔心地問道：

「資料已經處理了嗎？」

勝點點頭。

「沒問題。必要的資料都會拷貝在磁片中。只要他們隨便使用個人電腦，就會放出破壞程式的電腦病毒。現在他們一定是站在被銷毀的資料面前，臉色發青呢！」

勝從口袋裡掏出幾張磁碟片，在衆人的面前亮一亮。

突然小蘭的行動電話發出了細微的聲音。小蘭將耳朵抵住行動電話。

「兩人都平安無事會合了。」

小蘭點點頭。用緊張的神情看著劉進和勝。

「瞭解了，我會告訴他們。」

小蘭切斷電話，告訴大家。

「趙隊長的指令。移動到最近的指揮部去，而且已經準備好了新的秘密基地。」

「在哪裡?」

劉進問道。

「不久之後就會有人來帶我們去。在此之前要在這兒等待。」

「哦!還可以在這兒優閒一陣子了哦!」

勝選擇樹蔭下的草地，躺在上面。昨晚工作到很晚，現在一陣睡意襲來。

大家各自選擇自己的場所，讓身體休息。

4

「這裡、這裡。」

齊帶弓進入的是在小城鎮的泡沫紅茶店。在微暗的店裡擺著電視機，正在播放著錄影帶。面對電視有好像學校教室般的長桌，很多客人都在喝茶，盯著電視畫面看。播放的是成龍的電影。

齊走向窩在紅茶店一角觀賞電影的男女。

齊和這些男女互相拍手、打招呼，大家都以好奇的眼光看著弓。弓覺得自己來到了一個截然不同的地方，用眼神向大家示意。齊坐在女友們旁邊，用上海話說明弓的事情。周圍的客人們全都以厭煩的表情瞪著齊等人。齊根本不管，還在那兒比手劃腳地說著。終於女子中有一人對弓招手，請她坐上來。

「我叫范鳳英。」

留著短髮，搭配她圓圓的臉。弓和她握手。

「隔壁的女孩叫做杜丹紅。再隔壁是潘莉莉。」

「妳很厲害耶！竟然可以痛擊公安。」

「妳好。」

丹紅和莉莉用笑臉歡迎弓。丹紅是有著瞇瞇眼的女孩，而莉莉則是三人當中看起來最聰明的女孩。三個人都是上海大學的學生。

「我叫馬立德。」

坐在最旁邊，表情精幹的學生，面露微笑，對弓點頭。而在他隔壁身材高大的男子，則微略低頭，自稱叫做陳正華。

男子們陸續自報姓名，而弓無法全都記住。只將他們的臉深印在腦海中。

「安心吧！我們會把妳藏起來。」

范鳳英安慰弓。弓向她致謝。

「妳到底在做什麼啊？」

「有沒有同志呢？」

杜丹紅問她。弓無法回答。對於首次見面的人，不知道該說些什麼才好。

自稱馬立德的學生用著流利的上海話在說著一件事情。而范鳳英點點頭。

接著馬立德用弓也能聽懂的北京話慢慢地說著。

「朋友，不用擔心。我們只要知道妳是同志就好了。其他的事情不再問妳了。知道反而更危險，不知道反而安全。」

「謝謝你們。」

馬立德面露害羞的表情。齊恒明插嘴說道：

「他是我們的領導。在名門上海交通大學就學，將來的精英分子。」

「你們是怎樣的同志呢？」

「大家都是就讀同樣中學、高中的學生。我們這些成績不好的傢伙，只能進入工業專門學校就讀，只有他是不一樣的哦！」

突然有一名男子從店外跑了進來。男子在馬立德的耳邊附耳說著話。

馬立德用眼神向齊和陳示意，齊等男子立刻分別坐在店內不同的位置上。好像是老闆的老人提著壺從裡面走了出來，爲大家的茶杯加茶。

「坐在這兒。」

范鳳英讓開自己和莉莉之間的位置，讓弓坐下。

「怎麼回事？」

「公安就要來了。沒關係，我們會保護妳。妳就假裝什麼事情也不知道，在這兒看電視就好了。」

范鳳英對弓耳語著。電視畫面正播放著成龍修理壞蛋的畫面。看到成龍乾淨俐落的動作，觀衆們都非常高興。

聽到店外傳來的腳步聲。幾位公安警察進入店内。店家飛奔而出，將小包包塞在公安的手中。公安看一下在店内的范鳳英及馬立德等人，什麼也不說就走出店外。

「下流！」

齊小聲地說道。

5

北鄉勝站在大樓的窗邊，看著浦東地區的新工業區。看到在附近蜿蜒蛇行的黃浦江茶褐色的河水，沐浴在傾斜的陽光中，河面變成金黃色。

「在這裡，恐怕敵人也不知道這是新的『秋葉原』呢！」

小蘭滿意地笑著。劉進看著上海現代化的高樓大廈群。正面聳立著東方明珠廣播電子塔。

縫製工廠二樓的『秋葉原』，電話迴線較少，身爲電腦基地，的確比較狹窄。這次的『秋葉原』是在渡過黃浦江對岸的浦東地區工業區的正中央。沿著東昌路建造的三十五層的東方電氣工業大樓中的一間房間，而隔壁則是電視機及洗衣機等電器製品工廠。

「這是社員證。有了社員證就可以自由出入這棟大樓及工廠。大家每天都要像社員一樣，到第二指揮部上班。一定要到這兒來，即使大家齊聚一堂，在這裡敵人也不會感到懷疑。」

趙忠誠將東方電氣工業的社員證交到勝、劉進及小蘭的手中。

「這棟大樓的地下有從業員的臨時休息所。當然，倉庫也儲備了必要的武器彈藥及糧食。也準備了電腦終端機。」

「就好像普通的辦公室一樣嘛！」

小蘭看到擺在房間中的電腦終端機，嚇了一跳。房間門上貼著「新製品開發研究室」的牌子。這全都是于正剛秘密安排，在東方電氣工業所準備好的設備。

「這樣做的話，萬一被公安或國家保安部發現，那麼東方電氣工業不就慘了嗎？」

勝愕然地問道。站在趙隊長旁邊的白心雄總理，挺著凸起的肚子爽朗地笑道：

「我們公司背後有黨中央的大人物撐腰，公安不會來搜查的。即使是國家安全部，也不敢隨意出手。這個重要的人物是誰呢？在此我無法透露。不過請大家安心。于正剛先生說服了這位重要人物，請他幫忙。當然，將來內戰結束之後，我們公司還是會支援華南共和國與滿洲共和國。雖然有一些危機，但就當成是一種投資吧！」

勝拍手說道：

「好，既然已經決定的話，那麼就叫回少年偵探隊。他們看到這裡的玩具一定很高興哦！」

劉進看著勝。

「北鄉先生，小弓不要緊吧！她一定很擔心吧！」

「哦！對了。」

勝拿出行動電話，按下按鈕。

「她也許不高興了呢！」

「如果有必要的話，我去接小弓。」

「你願意嗎？那就太好了。」

「劉進，我也要去。我擔心她。」

小蘭急忙說道。勝看到小蘭好像很不高興似的，心想糟糕了。一定是劉進說要去接弓，小蘭心生嫉妒。

6

弓和范鳳英及潘莉莉等人，一起在附近餐廳用餐。關係處得非常好，再加上馬立德和齊恒明等人，非常熱鬧。

「我一直認為日本女孩非常溫馴，會聽從男人的吩咐。可是聽小弓的敘述，似乎不是如此嘛！」

范鳳英搖搖頭。

「不可能、不可能。這種傳統的女人在現代日本的年輕人當中，恐怕已經沒有了。最近日本男人比較軟弱，被女人耍得團團轉，根本不值得依賴。」

弓對范鳳英等人說。齊插口說道：

「這麼說來，日本男人已經沒有武士囉！」

「已經變成稀有動物啦！」

「哦！我一直認為日本人很冷淡，而且看起來好像很驕傲似的。既然這麼糟糕，我就安心了。」

「我也以為日本人會像以前日本兵一樣，非常地殘虐。即使殺人，也若無其事。但是看來似乎並不是如此。」

周圍的男子開始說出對日本人的感想。

「如果日本人的態度看起來很偉大似的，那是因為不這麼做的話，他們就會對自己沒有自信，內心感覺非常地不安、空虛，這就是日本人的短處。我認為這是一種無知的表現。如果能充分地瞭解對方的國家及國民，採取這種態度就很失禮了。」

弓說道。

「是啊！老實說，我不買日本人的帳，就是因爲他們的傲慢、無知。如果真的與我們親密交往的話，也許就能夠瞭解到自己的無知了。」

齊在一旁附和著。馬立德笑著說道：

「喂喂！小齊。我們自己也是如此啊！不要再自吹自擂啦！」

「說的也是啊！」

女孩們都嘲笑齊。

這時弓口袋中的行動電話響起嗶嗶聲。大家都看著弓。

弓接起行動電話。

『是弓嗎？』

「啊！是哥哥。我在等你，怎麼樣了？」

『小劉和小蘭會去接妳。妳在哪兒？』

「等等。」

弓看著范鳳英和馬立德。

「同志們要來接我。這是什麼地方，我該怎麼說明呢？」

「這裡嘛！就在寶山路和四川北路的交叉口。很難說明，對方是我們的人嗎？」

「是的。」

「那麼把電話交給我吧！」

馬把手伸出來。弓對著話機說道：

「哥哥，你把電話交給劉進。我的朋友會對他說明。」

『朋友？他們沒問題吧！』

「是值得信賴的朋友。這個電話會不會被竊聽？不要緊吧？」

『很危險。嗯，這樣吧！妳還記得我們上一次見面的地方嗎？』

「你是說前天嗎？」

弓在前天和勝在南京東路的麥當勞店見面，到第一百貨店購物。

『是啊！就到那裡去吧！那裡就安全了，人也很多。』

「時間呢？」

『一小時後。』

「了解。」

電話切斷了，大家似乎都很感興趣地看著弓。弓看看手錶。

「謝謝大家，我必須要走了。」

齊和馬等人都感到非常遺憾。范鳳英和潘莉莉、杜丹紅都邀請她今晚睡在范鳳英的房間。

弓心情動搖，但是擔心會發生事情而連累他們，只好忍耐。

「妳要到哪兒去？」

弓說明要到麥當勞店。齊站了起來。

「那我用本田機車送妳去。」

「小齊，你不是沒有機車嗎？」

陳泠冷地說道。

「我借小馬的本田機車。」

「給齊載真的很危險，還是我送小弓去吧！」

馬立德站了起來。齊好像很遺憾似地摸摸鼻子。

「看來你們真的抵擋不住可愛的女孩子，真是糟糕啊！」

范鳳英等人嘲笑他們。

「好啦！小弓由我送吧！交給我吧！女人幫助女人。」

范鳳英拍拍小弓的肩膀，向她眨眨眼。

7

弓抱住范鳳英的背部，兩個人一起騎著本田機車。在汽車和自行車的車潮中不斷地穿梭。范鳳英的頭髮隨風飛揚。

馬立德所駕駛的車子也跟在後面，後座上載著小齊。齊似乎想要保護弓。范鳳英和弓乘坐著車子，馳騁在南京東路上。上海第一的繁華街，到處隨時都塞車。機車穿過車潮，進入麥當勞店前。

「就是這裡。」

范鳳英笑著回頭看著弓，弓跳下機車。而從背後跟來的馬和齊的機車騎上人行道，停了下來。

「謝謝你們幫我。」

「就在這兒分手了嗎？」

齊似乎覺得很寂寞似的。馬笑著說道：

「大家進入店裡面，一邊吃，一邊等對方來接她吧！」

范鳳英點點頭。把車推上人行道，停了下來。

四個人趕緊走向樓梯，進入充滿年輕人的店內。這時店內播放著六〇年代的美國鄉村歌謠。

弓看看店內，沒有發現劉進和小蘭，似乎還沒有到。四個人各自點了飲料和漢堡，選了接近出入口的桌子坐下。

「在日本有很多這種美式店吧！」

「嗯。在這裡感覺不像在中國。」

「我們也是啊！感覺好像到外國一樣，我喜歡這種感覺。」

齊和馬、鳳英點點頭。弓將漢堡塞滿整個嘴裡，喝著可樂。

這時劉進和小蘭從出入口的樓梯走了下來。弓站了起來，舉起手。

「小蘭，在這裡。」

劉進和小蘭笑著舉起手。

但是兩人在中途突然停止了舉手的動作。臉上的笑容也凍結了。

發現店裡面的人都開始移動。

「舉手！」「別動！」

「國家保安部！」「乖一點！」

聽到周圍傳來怒吼聲，弓感到很驚訝。看看周圍，隔壁桌上的情侶不知什麼時候掏出了AK47自動手槍對著她。

小蘭和劉進左右也有拿著手槍的男子們跑了過去。在店內僞裝成客人的秘密警官，拿著自動手槍，全都跑了出來。

劉進被對方用槍托毆打，倒在地上。

「做什麼！」

小蘭被男子抓住。男子將小蘭的手臂扭住，放倒在地上。

「阿進！」

弓衝向持槍男子，但是對方卻閃開。同時回頭把弓扳倒，弓也跌倒在地。

女刑警用膝撞弓的身體，將弓的手臂扳到後面，銬上手銬。

男子大吼著。

「想要抵抗的話，下場會很悲慘哦！全都趴下！趴下！把手放在頭的後面。」

「畜生！」

聽到齊的叫聲。齊恒明和馬立德、范鳳英趴在地上，手擱在頭後方。刑警們用腳踢不抵抗的他們，陸續銬上手銬。

「做什麼！」

聽到范鳳英的叫聲。弓被銬上手銬，全身發抖，不知道到底發生什麼事情。

「好，帶回去。」

聽到指揮者的聲音。弓被拉了起來，刑警們還在踢滿臉是血的劉進及小蘭，毆打他們。

「停止！他們會死的。」

弓叫著。指揮者大叫著「停止，夠了」，刑警們終於停止了毆打劉進及小蘭。

刑警們抓住齊、馬及范鳳英的手臂，齊和馬的臉也被踢中，流出鼻血，臉頰腫脹。

「帶走。」

弓被刑警們拖著，爬上樓梯。

這時在門外有一輛卡車停在那兒。而在卡車前後停著卡其色的軍用吉普車。

「上車！」

弓被刑警們推向卡車。而范鳳英和齊、馬也上了卡車。最後刑警們也將軟弱無力的劉進與小蘭扛上卡車。

「這到底是怎麼一回事啊？」

弓問齊等人。齊說道：

「畜生！一定有背叛者偷聽我們的談話，成了密告間諜。」

「住口！不許說話。」

一名刑警抓住齊的脖子，毆打他。

劉進和小蘭倒在卡車上，一動也不動，好像死去似的。

弓很想哭。覺得這是一場夢。一場惡夢。

終於拿槍的刑警們也上了車。載著弓等人的卡車開動了。

隔著棚子，弓聽到上海繁華街道的喧鬧聲。

8

臺灣·高雄　8月2日　下午3時

暑熱似乎已經過去了。

載著北鄉響的漁船沿著臺灣東海岸南下，到達臺東港是在下午一點左右。深夜從臺北的福隆港秘密出航，巧妙地躲過中國海軍的封鎖網，花了十三個小時多，終於到達此處。

在中途遇到臺灣海軍的沿岸警備艇和掃海艇，曾停船好幾次接受臨檢。結果因爲北鄉譽擁有日本外交官護照，立刻讓他的船通過。

到達臺東時，接待他的姜敏男立刻向封鎖的飛機場及空軍司令部進行安排，讓他能順利搭乘高雄機場的空軍運輸機。

在一小時後到達高雄。到了機場，由姜的部下準備好車子接待他。

原本充滿和平氣息的南國都市高雄完全改變。看到士兵們穿著迷彩野戰服，還有迷彩軍用車輛到處充斥，成爲一個軍都。大樓屋頂堆積著沙包，準備好對空機槍及對空飛彈發射臺。

所到之處都是沙包陣地，憲兵會進行盤查。往來的車輛全都是軍用卡車或裝甲車，否則的話就是戰車或載著步兵戰鬥車的大型卡車，以及由警車前導的政府專用車。

幾乎沒有民間的自用車。即使想開車，但是，因爲加油站倒閉或是沒有燃料等原因，全都以軍事爲優先。

商業港高雄港停泊的是軍艦及掃海艇、軍用運輸船。上空則聽到轟然巨響，有戰鬥機及早期警戒機飛翔，還有大型運輸機出入機場。此外，還有陸軍攻擊直升機，以及運輸直升機，飛機聲不絕於耳。

有時聽到飛彈發射的聲音，在遠處好像打遠雷的大砲聲轟然響起。往來的行人全都面色凝重。繁華街的商店全都拉下了鐵門，暫停營業。

載著北鄉譽的車子在騷動的街上奔馳，到達港口附近的五星級飯店。

到達飯店之後，姜要北鄉譽「稍微休息一下」，就和部下一起離開房間，不知道到哪兒去了。

北鄉洗個冷水澡，打開電視，電視正好播放著CNN的臨時新聞。

『……今天黎明時分，中國陸海空三軍越過臺灣海峽，進行對臺灣的大渡航作戰。而臺灣海軍、空軍嘗試大規模反擊，給予中國艦隊及中國空軍極大的打擊。但是中國軍的攻擊依然持續著。很多的中國軍已經成功地登陸臺灣。重視事態的美國政府派遣第七艦隊到臺灣海峽近海，進行限定的軍事介入，並發表擊落了中國空軍軍機數十架……』

北鄉走向飯店的電話機。爲了謹慎起見，打開聽筒，看看有沒有竊聽器。然後再按下打到日本的國際電話號碼。

聽到傳呼聲。聽到了女子的聲音，只報出了編號。

「這是普通迴線。從臺灣高雄的飯店打來的。」

『瞭解。確認聲紋。北鄉先生，你要找哪位？』

「中田先生。」

北鄉告知向井原內閣安全保障室長的暗號名。

『請稍待一會兒。』

北鄉等待時看著電視。

『……聯合國安全保障理事會除了紛爭當事國中國以外，理事國全場一致責難中國軍對臺灣的攻擊，決議即時停戰。理事會以多數贊成通過，如果中國違反停戰決議，仍然持續攻擊的話，則要進行經濟制裁。美國、英國及法國三國不光會進行經濟制裁，也會對中國進行軍事制裁。而對此日本和俄羅斯……』

這時聽筒彼端傳來了回應。

『你沒事吧！我真擔心你。』

聽到向井原內閣安全保障室長的聲音。

「我沒事。但是逃離臺北時，什麼也沒有帶出來，沒有辦法定時聯絡。」

『我想也是如此。』

「今後有什麼指示呢？」

『對於先前的報告深感興趣。我們也有同樣的想法。』

向井原指的是，前些日子與劉仲明特別顧問見面的報告。

「在此處有沒有我應該見的人呢？」

『嗯。我有事要拜託你。你現在在哪裡？』

北鄉告知高雄飯店的名稱。

『我知道了。立刻透過當地的協助者，聯絡今後的事項。』

「了解。」

電話掛斷了。北鄉立刻擱下話筒。

北鄉換了新的襯衫，做好隨時可以出門的準備。在電視上也持續報導著臺灣情勢。

『……戰線在新竹地區展開激戰。臺灣政府當局漸漸將戰線往上推，戰局持續有利……』

聽到敲門聲，北鄉打開門。

「啊！好熱、好熱。」

姜用手帕擦拭著汗水，慌慌張張地走進房間裡。姜打開房間的冰箱，取出罐裝烏龍茶喝著。

「戰況如何？」

「臺灣軍陷入苦戰。雖然播放的都是有利的消息，但是陷入補給不足狀態。」

姜擦擦嘴，坐在椅子上。

「港口或機場的補給看起來很順利啊！」

北鄉用下巴指指窗外。現在大型運輸機C－130正在上空低空飛行。

「中國海軍甚至連沿岸漁船都大量動用，進行大渡航作戰。數目之多，即使是臺灣海軍的對艦飛彈，都無法應付，看來就快用光了。中國軍從陸海空陸續發射舊式飛彈，要加以擊落，就不得不使用大量的彈藥及對空飛彈。驅逐艦及戰鬥艦能搭載的飛彈數及彈藥數有限，在戰鬥途中必須要中斷作戰回航。」

「中國軍的飽和攻擊能夠奏效嗎？」

北鄉呻吟地問道。

「不僅如此。艦船及飛機的燃料都不足。」

事實上，日本在彈藥及飛彈等的儲備，和石油等戰備儲備上，比臺灣更拮据。如果敵軍侵略日本列島的話，恐怕三天到一個禮拜內就沒有彈藥，無法作戰了。所以必須在一週內遏止敵人的攻擊。越過太平洋，尋求同盟國美軍的幫助。希望美軍的增援部隊支持。

儲備較少，就經濟面來考量並不是不好。事實上，現在戰爭如果平常將不需要的武器彈藥儲備到最低限度，就可以了，不需要大量儲備。因爲如果要儲備武器的話，在經濟上要花很多的錢。而且武器彈藥經過一段時間，品質劣化，甚至會因爲老舊而無法使用。

所以尋求國際援助，儲備的武器彈藥在緊急時可以送往必要的國家，向不需要的國家調配也無妨。在此考量上，即使儲備較少，也應該算是合理的戰略。

「關於補給問題，臺灣政府的要人想要見北鄉先生。你打算怎麼辦？」

「政府要人是誰啊？」

北鄉感到很訝異。

「錢建華輔佐官。你認識嗎？」

「我知道。我也想見他。」

錢建華輔佐官是負責李登輝總統安全保障問題的輔佐官。他和劉仲明特別顧問都是李登輝總統的左右手。而且也是和統幕作戰部長新城克昌有密切往來的實力者。

「什麼時候能夠見他呢？」

「現在就可以去見他。」

「去吧！我不想浪費時間。」

北鄉點點頭。正符合他的希望。他想知道目前的狀況。

臨時總統府設在市內中心地高雄縣政府的官舍。草地圍繞的官舍周邊架起了鐵絲網。在堪稱殖民地時代遺跡的古老建築物的屋頂，建造了對空陣地。

庭院中配備著裝甲車，穿著迷彩野戰服、戴鋼盔的警備兵持槍在各處巡邏。

載著北鄉和姜的車子緩緩地穿越設在正門的盤查所，進入官舍的玄關。右手臂裹著帶有MP標識的臂章，頭戴白色頭盔的憲兵嚴密監視著出入玄關的人。

在玄關大廳，男秘書官正在等待著北鄉等人的到達。北鄉和姜到達之後，立刻搭乘舊式的電梯，在秘書官的帶領之下到達三樓。

秘書官將北鄉等人帶到接待室就離開。接著由中年女性秘書送茶過來。北鄉和姜啜飲著茶。這時隔壁房間的門打開，聽到了談話聲。戴著眼鏡、中等身材的紳士從隔壁的辦公室走了過來。

「久等了，北鄉先生。請你來一趟，真是不好意思。」

錢建華輔佐官以流暢的日文向北鄉打招呼。北鄉反而對自己突然造訪深致歉意，與錢輔佐官握手。

「我已經從劉仲明特別顧問那兒聽過有關北鄉先生的事情了。劉顧問今天有事預定外出，雖然不能見到你，但還是要我代他向你致意。」

「也請你代我向劉先生問好。」

女性秘書將茶端到錢建華輔佐官面前。

姜似乎已經認識了錢建華輔佐官，兩個人親密地打招呼。後來就和他的秘書一起到另外一個房間去了。

只剩兩人獨處時，北鄉說道：

「請問和中國軍的作戰情況如何？」

「老實跟你說吧！現在我們臺灣軍正陷入苦戰當中。我軍在海洋上阻止作戰雖然建立了輝煌戰果，但是卻沒有辦法阻止敵軍登陸。」

錢建華輔佐官悲傷地搖搖頭。

「原因有三點。

第一就是袁元敏反叛軍佔領北部地區，給予敵人足夠的橋頭堡。敵人因爲有個袁元敏，使我軍無法打擊敵軍，造成三個師團以上的敵人部隊登陸。

第二點就是臺灣本島防衛不可或缺的電子警備網，因爲袁元敏軍隊，因此以北部地區爲主，形成大漏洞。對於我軍的反擊造成極大的阻礙。敵軍不需要警戒雷達網，就可以侵入我國領土。」

錢輔佐官嘆了一口氣，看著北鄉。

「第三點就是我國的補給不足。七月十日以來，這二十天的戰鬥，身邊的武器彈藥、燃料等幾乎都消耗殆盡。而且沒有辦法繼續補給。

我國爲了預防中國海軍的封鎖，準備了大約可以作戰一個月的石油及武器彈藥。但是中國人海戰術和物量作戰超乎我們的意料之外，消耗情形非常嚴重。更無法預料的則是袁元敏反叛軍控制住臺灣與基隆地區的儲備，因而需要非常多的物資補給。」

「原來如此。關於補給方面，我國能做些什麼嗎？」

「能不能夠緊急進行？遺憾的是我國和貴國沒有正式的外交管道，只有經濟關係的非正式管道。雖然想向日本政府提出緊急援助，但是無法得到對方的回應。日本政府有禁運武器三原則，恐怕沒有辦法對外國進行武器彈藥或軍事物資的援助，能不能解禁呢？」

「日本有和平憲法，由憲法精神來看，是不能輸出武器。但是這只是個原則而已。如果說由聯合國安保理事會提出要求的話，我國也是PKO的一環，應該就可以供應臺灣政府軍事物資。但是，爲什麼不向美國請求援助呢？」

「當然已經透過非正式的外交管道，以及美國議會的關係者，要求美國政府進行緊急援助。當然美國政府也保證全面援助。但是和美國畢竟隔著太平洋，非常遙遠，即使是空運，也要花較長的時間。而且載運的物量有限，而運輸船又要花一週以上的時間，此外，還要飽受中國海軍的潛水艇威脅。

與此相比，日本距離我國較近，而且不需要費太多時間的琉球與那國島，距離只有一百公里遠。對我們而言，日本的援助是非常强大的力量。希望藉著北鄉先生的力量，能夠策動日本政府。」

「我知道了。我雖然不是日本政府的代表，不能夠給你滿意的回答，但是我會立刻與本國聯絡，提出臺灣政府的要求。」

錢建華輔佐官很高興地點點頭。

「此外，我還有另一個請求。希望日本不光是供應我國物資，還能派遣自衛隊來。」

「這就很困難了。」

北鄉搖搖頭。

「當然，日本有和平憲法，日本軍─現在的自衛隊原則上不算是軍隊──是不能夠派遣自衛隊到海外。但是，如果基於聯合國決議的PKF，應該就可以派遣自衛隊吧！」

「如果輿論支持的話，是可行的。不過，現階段非常困難。國民之間對於大東亞戰爭的反省强烈，所以關於派出自衛隊，即使是PKF，也會造成國民情緒的强烈反感。」

「原來如此。我瞭解了。但是如果臺灣納入中國軍門之下，十三億人的超大國的下一個目標就是琉球群島及日本列島了。」

「我想中國應該不會這麼做吧！」

北鄉笑著搖搖頭。

「我們同樣流著中國人的血，非常瞭解對方。可是日本人不知道中國思想的可怕。霸權國家是沒有什麼道理可講的。如果有道理的話，中國爲什麼對民族性完全不同的西藏，卻不願意放手呢？爲什麼不承認烏魯木齊或新疆維吾爾族的獨立呢？中國有機會的話，甚至還想統治印度呢！中國在元朝時，甚至將俄羅斯及歐洲納入版圖中。元朝雖然是蒙古人，但是中國人對於一旦進入自國領土的土地，都認爲是中國來統治。

日本是唯一沒有受到元朝侵略的國家。中國人記住了這一點。現在雖然還沒有露出馬腳，但是他們一旦成爲霸權國家之後，希望成爲世界之冠的超大國，當然也想將元朝無法統治的日本納入統治的領域下。希望日本人能夠瞭解這一點。因此，日本到底應該採取何種形勢對抗現在中國的霸權主義，趁他還只是嫩芽時將其摘掉才對。如果我是日本的領導者，一定會記住這一點，來推行政策。」

北鄉對錢建華輔佐官的話感覺半信半疑。

中國將來真的想將琉球群島，及日本列島納入統治的範疇內嗎？

十三億人的中國巨龍在不久的將來，可能真的會襲捲亞洲。想到此處，他覺得一陣戰慄。

9

琉球·普天間基地　8月2日　下午5時35分

美國第三海軍遠征軍（3MEF）第一海軍航空隊（1MAW）的MAG—36（第36海軍航空群）的湯瑪斯·馬吉森海軍上尉，握著HMM—265Dragons的大型直升機CH—46E的操縱桿，結束平常的訓練，回到普天間基地，打算在跑道著陸，正在降低高度。

地上誘導員高舉雙手，對馬吉森上尉做出「著陸」的手勢。馬吉森上尉保持機身的穩定，採取著陸姿勢。突然，耳機裡傳來管制塔的緊急指令。

『飛機停止著陸，再出發。』

「怎麼回事啊!」

馬吉森上尉氣得拉起操縱桿。按下風門桿，增加轉子的旋轉，再上升機身。副駕駛麥肯海軍中尉因爲緊急再離陸，而進行計器檢查。

「管制塔那些人到底在發什麼呆啊?」

先前做出手勢的地上誘導員，似乎也感到很驚訝。張開嘴巴，看著再度開始上升的馬吉森上尉的直升機。

「管制塔，怎麼回事?」

『發生緊急事態!全機在基地外空中待機。』

聽到通話員慌張的聲音。雖說空中待機，但是要飛到何處待機，如果不做出指示的話，恐怕會和僚機在空中衝撞。

同樣的打算在地上著陸的僚機，大型直升機CH—46E也將機身反轉，再度上升。在空中待機必須要上升到一千英尺(約三〇四公尺)以上的高度，進行盤旋飛行才行。

事實上，要重新著陸。

機身立刻飛到基地上空，慢慢地往右旋轉。僚機從背後跟來。

『緊急事態是什麼事啊?』

坐在隔壁座位的麥肯中尉感到很驚訝。馬吉森上尉開玩笑地説道：

「現在這個時期，可能是中國飛彈飛入基地囉！」

麥肯中尉搖搖頭。這時耳機傳來指令。

『管制塔通知，巨龍。高度一千。趕緊飛到基地外。』

「收到。」

馬吉森上尉一邊回答，同時有一種不祥的預感。這時，通話員的聲音傳來。

「管制塔，到底發生什麼事情？」

瞬間，發現眼前有如箭一般快速的黑影掠過。黑影吸入眼下的倉庫屋頂。霎時倉庫圓頂好像膨脹似的。接著一道閃光發出咚的爆炸聲，同時爆風直接攻擊機身。機身好像被巨大的力量彈向上空。

「混蛋！」

馬吉森上尉抓著操縱桿，拼命地恢復機身的穩定，朝水平線傾斜。在地上或空中不斷地翻轉機身，劇烈地震動著。

馬吉森上尉就好像被放進洗衣機裡似的，不斷地搖晃。失速警報器發出高亢的聲響。

「無法操縱！無法操縱！」

馬吉森上尉用力大叫著，拼命地抓住操縱桿。麥肯中尉大吼著。

『高度五〇〇、……高度四〇〇。』

「畜生！全力加速！」

馬吉森上尉蹬方向舵，用力拉操縱桿。麥肯中尉按下風門桿，加入全部的力量。

機身恢復了浮力，引擎發出轟然巨響。穿過黑煙，往上上升。

機身停止旋轉，可以看到水平線。異狀的振動依然持續著，但是可以操縱了。

「動力減弱！」

麥肯中尉發現停止上升，機身保持水平飛行。操縱桿的動作遲鈍。

看來似乎受到了損傷。雖然失速警報停止，但是機身受損的警報持續響起。

「損傷檢查！」

馬吉森上尉看著計器類，做出指示。發現油壓計的指針不斷下降。

『油壓降低。切換爲2系統。』

麥肯中尉冷靜地回答。馬吉森上尉看著眼下的市街，這是一片住宅街。一定要回到普天間基地上空才行。

高度一千八百。

終於操縱桿活動順暢。第2系統的油壓發揮了作用。操縱操縱桿，將機頭轉向基地。這時倉庫附近冒起了黑煙。

「管制塔，請求緊急著陸。」

『管制塔准許著陸。進入L跑道。』

「收到。」

馬吉森上尉盯著緊急用L跑道。這時幾架停在停機坪的CH—46直升機冒出了黑煙，消防車趕緊跑去救火。

「到底發生什麼事？」

馬吉森上尉懷疑自己的眼睛是否看錯了。倉庫爆炸，消失得無影無蹤。而管制塔所在地的管理棟大樓也半毀。白色的救護車奔馳在綠地中，衝向管理棟大樓。

『管制塔呼叫巨龍。基地受到敵人的飛彈攻擊。這不是演習。爲了避免飛彈攻擊，著陸後跟隨誘導員移動到掩體壕。』

「收到。」

馬吉森上尉將機身朝向L跑道，看著麥肯中尉。

『機長，這是真正的戰爭耶！』

馬吉森上尉突然擔心跟在背後的僚機。看看周圍，卻沒有看到僚機的機身。

「2號機在哪裡？」

沒有回答。再詢問一次，還是沒有回答。

麥肯中尉叫道：

『機長，十一時下方。』

馬吉森上尉看著左手下方。看到墜落到綠色草地上的2號機。消防隊趕緊跑去，展開救火活動。

「這是怎麼回事！」

馬吉森上尉覺得基地的樣子似乎已經變成戰場了。黑煙不光從基地建築物中冒出，連鄰街的普天間的街道也冒出黑煙。甚至市街地的民宅也冒出了火燄。

「畜生！這份禮一定要向江澤民討回來！」

馬吉森上尉說道。

機身朝向L跑道，高度下降。

10

九州・佐世保港　8月2日　下午6時

海上自衛隊佐世保地方隊第三四護衛隊的護衛艦DE230「陣痛」，正準備明天早上黎明的出航，開始載運食物及水、燃料、飛彈、彈藥等。

副艦長栗栖一等海尉站在艦橋，看著載運物資的列表，檢查是否有遺漏。艦長安里二佐到地方隊司令部去，還沒有歸艦。一時下船的快樂組員們，再過兩個小時後，就要全部歸艦。

栗栖一尉用手指按按眼頭，眼光從細小的物資表項目移開，隔著艦橋的窗户眺望港口的光景。

隔壁小道上的旗艦DE229「虻熊」，和僚艦DE233「地熊」也同樣地進行載運貨物的作用。

由護衛艦「虻熊」和「陣痛」、「地熊」編成的第三四護衛隊，結束了南海航路的船隊護衛任務，今天早上回到佐世保。並沒有休息，立刻奉命前往東海。臺灣海峽由於中、臺兩軍的海空戰正在進行，因此南海航路、西南航路的緊張度提高。

自衛艦隊第一護衛隊群與第二護衛隊群，已經大舉從琉球海域趕往遙遠的臺灣海域，進行美國第七艦隊的支援業務。兩個護衛隊群注視著中國海軍的動態而展現行動，所以沒有辦法專心進行南海航路與西南航路的海上路線的防衛。

因此，海線防衛的主要任務，由佐世保地方隊的第三九護衛隊，第三護衛隊群所組成的第三四護衛隊（佐世保）來進行。三護衛隊總計只有九艘護衛艦，而這九艘不可能涵蓋整個南海與西南海路線全域。

出航的第四護衛隊群沿著太平洋南下，朝向琉球海域前進。但是，爲了與長期航海的第一護衛隊群交替工作，因此並不進行航海海域外的海上路線防衛工作。一旦出航之後，恐怕要一個多月後才能夠再回航。

栗栖一尉想起了未婚妻麻衣子。回到佐世保之後，因爲當班，所以必須留在船艦上，這次不能見到她了。但是這也是無可奈何之事，只好放棄。船艦上除了自己之外，因爲當班而無法下船的船員有三分之一以上。

這時聽到CIC室傳來通信員的聲音。

「副艦長在嗎？」

是同樣在當班的CIC室户田二尉的聲音。

「怎麼回事？」

『雷達……，發現飛彈。飛彈接近！』

户田二尉用嘶啞的聲音說著。

「你說什麼？」

『飛彈以高高度，朝著這兒接近。』

『副艦長，事態緊急！』

聽到另一位通信員的聲音。栗栖一尉對著傳聲管大叫。

「没搞錯吧！不是飛機嗎？」

『没有錯。有一枚飛彈急速接近！』

「方位與高度呢？」

這時栗栖一尉心想：如果自己是艦長安里二佐的話，會如何應付。

『方位一五〇。高度二萬四千。距離一百二十公里。』

「速度呢？」

『馬赫2。』

是彈道飛彈。栗栖一尉對著在艦橋的值班要員大叫。

「準備戰鬥！」

只有幾位當班的要員，全都楞在那兒，看著副艦長栗栖一尉。

「全員準備對空戰鬥！」

栗栖一尉反射性地按下了緊急呼叫的蜂鳴器按鈕。艦內立刻響起緊急呼叫的蜂鳴器聲。

栗栖一尉抓著對艦內播放的麥克風，大叫著：

「全員就位！準備對空戰鬥！這不是演習。是敵襲！」「敵襲！準備對空戰鬥！」

通話員回過神來複誦，自己也立刻就戰鬥位置。

當班的航海長和將校跑到艦橋。栗栖一尉戴著鋼盔，穿上救生衣。

「怎麼回事？副艦長。」「發生什麼事！」

「通信員！趕緊通報旗艦。遭遇敵襲！」

栗栖一尉大叫著。通信員海軍上士飛撲到通信機旁邊，抓起通話器。

『飛彈接近！距離五十公里。』

聽到CIC室户田二尉的聲音。栗栖再度大叫。

「知道飛彈的目標是什麼嗎？」

「港口。目標是港灣設施。」

如果彈道飛彈上載著核子武器的話，則萬事休矣。根本無所遁逃，也無法隱蔽。再過幾秒鐘，佐世保街道將會被核子彈的砲火轟擊，成爲蒸氣飛散在空中。

但是，栗栖心想還不能這麼快放棄，也許沒有核子彈頭。

「通信員，趕緊通報地方隊司令部！說敵人彈道飛彈接近，保持警戒！」

通信員複誦，對著通話器大叫。艦橋陷入恐慌狀態。

值班要員就戰鬥配備位置，艦內的防水牆壁陸續封閉。按下對空飛彈的發射裝置電源之後，燈亮起。

「旗艦『虻熊』聯絡我們。立刻中斷『陣痛』的補給。逃避到港外。重複。爲了避免敵人飛彈攻擊，立刻逃避。」

已經太遲了。現在發現已經太遲了，沒有時間逃避了。

只好等著飛彈的到達。

「不久之後著彈！」

聽到户田平靜的聲音。栗栖一尉也抱持著覺悟之心。現在著急也沒有用了。

如果要死就和船艦一起死吧！栗栖在心中對著未婚妻麻衣子告別。麻衣子在佐世保市内醫院擔任護士。真想再見她一面。

栗栖一尉看著飛彈掉落的方向。在西方還看得到高掛在天空中的太陽閃耀著光輝。

「著彈時刻。」

在聽到這個聲音的同時，肉眼看到上空雲間突然有黑影衝了過來。栗栖反射性地緊握著扶手以防撞擊。他蹲了下來。

突然，眼前白色的閃光炸裂開來。栗栖心想糟糕了，蹲在艦橋。耳邊聽到可怕的爆炸聲，爆風攻擊著船艦。

船艦大力搖晃，艦橋的防彈玻璃被震裂。栗栖倒在艦橋的地面上，發出哀嚎。

船艦慢慢地搖晃。船腹衝向埠頭岸地的水泥牆。

栗栖心想得救了。背部和肩膀受到撞擊，但是還是活著。因爲耳鳴覺得頭鏗鏗作響，但是能夠呼吸，並不是原子彈爆炸。

「損害控制室！報告損害情形。」

栗栖抓住附近的裝置，站了起來。對著傳聲管怒吼了幾次。眼前的倉庫和管理棟大樓全都被震飛了，消失得無影無蹤。

霎時，從成爲瓦礫山的建築物冒出了黑煙。

「畜生！卑鄙的傢伙。」

栗栖一尉忘記了身體的疼痛，觀察周遭的狀況。

隔壁的「虻熊」、「地熊」依然健在，但是司令部所在地的管理棟大樓附近直接受到攻擊。警報不斷地響起，是空襲警報的聲音。

「ＣＩＣ室！報告損害狀況！」

『無異狀！全機能正常運作！』

「損害控制室！」

『前甲板受損。砲塔、艦橋受損。』

栗栖看看周圍。在艦橋的地面上有幾個要員滿身是血地躺在那兒。

「救護班！快來！」

栗栖對著傳聲管大叫。

「副艦長！你也受傷了！」

航海長跑向栗栖。栗栖擦拭額頭的汗；原以爲是汗，結果竟然是鮮血。栗栖突然覺得自己快昏倒了，就這樣子倒在航海長的臂彎裡，暈了過去。

11

東京·總理官邸辦公室　8月2日　下午7時

辦公室響起慌亂的腳步聲。秘書官尖聲說道：

「總理！在港口附近有一枚飛彈著彈。」

濱崎總理以嚴肅的表情盯著電視看。NHK反覆播報臨時新聞。

『……本日下午5時15分到5時45分，彈道飛彈在日本各地落下著彈，造成多數死傷者。彈道飛彈所造成的損害情形，由各縣警本部向警察廳報告。根據資料顯示，到目前爲止，死者三〇四人，重傷者五百人以上。

NHK獨家報導的新聞，死者四百人以上，送到醫院的輕重傷者大約八百人以上。

受到飛彈攻擊的場所，根據先前防衛廳所接到的報告顯示，有以下各地。

東京港地區、橫須賀港、橫田基地、百里基地、大阪港、神户新港、關西機場、名古屋機場、福岡市内、熊本市内、佐世保港、長崎、大村機場、鹿兒島機場、琉球的那霸以及普天間基地、嘉手納基地等十七處以上。

根據防衛廳說明，這些彈道飛彈是中國的『東風』型飛彈。爆炸的是普通型彈頭，並未搭載核子武器。此外，也無法否定具有細菌彈或化學彈頭的可能性，因此絕對禁止進入爆炸現場。這次的無差別飛彈攻擊，根據軍事相關者的看法，認爲可能是中國對於美軍介入中、臺戰爭所進行的報復攻擊……。

日本政府緊急發表特別談話，要求國民保持平靜。今後，有可能再遭遇飛彈攻擊，因此，如果NHK廣播電臺或者是其他廣播電臺發出緊急訊息的時候，一定要立刻逃往地下鐵設施或者是大樓地下街等臨時防空設施中避難。

希望全國國民都能夠保持冷靜行動，遵從警察與自衛隊、消防署員的指示，展現行動。

不久之後，在總理官邸對於這次無差別、無警告的飛彈攻擊，總理本人舉行記者會發表談話。不久之後由現場轉播。

重複一次……』

濱崎總理氣得面紅耳赤，看著聚集在此處的閣僚及輔佐官。

「真的是中國彈道飛彈嗎？」

「沒錯。確認是中國大陸發射的中距離彈道飛彈。」

向井原內閣安全保障室長以低沉的聲音報告。

「爲什麼無法阻止彈道飛彈飛來呢？」

「我國所配備的愛國者飛彈很難擊落彈道飛彈。在最後階段是否能夠迎擊，不試試看根本不知道。而其前提則是在飛彈發射階段無法加以探測。美國的軍事偵察衛星的通報已經太遲，所以這一次真的是束手無策。」

「外務大臣，中國沒有事先通告或是做宣戰佈告嗎？」

「沒有，真是晴天霹靂。在東京的中國大使似乎也沒有接到本國的通知。現在正召喚中國大使前來解釋事態。」

青木外相壓抑怒氣說道：

「真是出其不意！這根本就是國際信義上絕不容許的暴舉！中國就好像對我國進行了宣戰。」

「的確如此。總理，我們不能再坐視不顧了。我國一定要採取報復措施，向國民宣布要對中國作戰。」

防衛廳長官栗林嚴厲地說道。

「事情應該還沒有到這麼嚴重的地步吧！」

北山官房長官安慰濱崎總理。而栗林長官則好像爆發出烈火似地說道：

「爲什麼?官房長官，難道你認爲應該要坐視不顧嗎?」

「聽聽官房長官的理由吧!」

青木外相安慰栗林長官說著。濱崎總理看著北山。

「根據憲法規定，我國没有交戰權。如果對中國宣戰的話，就是違反憲法的做法。」

北山長官看看其他的閣僚。栗林長官突然說道：

「那麼你打算怎麼做?」

「按照以往的說法，這是事變，並不是戰爭。昔日日軍對中國所進行的行爲，這次由他們對我們進行報復。」

「你說什麼啊!」

栗林長官很生氣地說著。

「我們没有交戰權，因此没有辦法進行宣戰。能夠做的只是趕緊告訴聯合國安保理事會，要求由聯合國對於中國進行軍事制裁。」

「太便宜他們了。這樣中國會不斷地攻擊我們。」

栗林長官敲著桌子大叫著。北山長官搖頭說道：

「當然不會坐視不顧。如果對方攻擊，我們就會發動自衛權加以反擊。但是如果我們對在中國大陸的中國軍攻擊，就是脱離了自衛權的範圍了。因爲無法辦到這一點，因此，只好要求聯合國進行制裁。」

濱崎總理交疊手臂沉思著。青木外相開口説道：

「但是不能放任中國。總理，我們要宣布與中國斷交。要求國際輿論指責中國的錯誤。同時要公然支持臺灣與西藏的獨立，華南共和國與滿洲共和國的分離獨立。」

「嗯。好。先進行斷交。將日本的企業或資本從中國大陸抽離。要求召回大使。外相，要求召開緊急聯合國安全保障理事會。還有，栗林長官你要做出指示，今後如果有攻擊的徵兆，要自衛隊立刻反擊。」

「太高興了。」

栗林長官用力地點點頭。

「北山長官，記者會結束之後，打熱線電話到華盛頓。」

「我會安排的。」

「趁此機會要讓中國知道玩火自焚，會造成極大的損失。」

濱崎總理深呼吸之後站了起來。

「好。先召開記者會，徹底指責中國，然後再開始反擊。」

第三章　琉球戰爭爆發

1

中國北京・總參謀部作戰本部室 8月2日 19時

作戰本部室人聲鼎沸。

狀況表示板上臺灣南部及日本列島各地的目標，都顯示東風飛彈到達的標識。臺灣南部的各空軍基地與防空設施、海軍設施都亮起了命中的紅燈。而日本軍的各空軍基地、主要港灣等，也有飛彈命中的紅燈亮起。

總參謀部作戰部長秦中將，很滿意地點點頭。第二砲兵司令部參謀次長莫上校的聲音從擴大器中傳出。

『……最後的「東風」在高雄港著彈。對敵人的打擊規模目前尚未確認。但是可能停泊在埠頭的水上戰鬥艦及貨物船舶、港灣設施都嚴重受損。全彈發射完畢。』

聽到鼓掌聲。秦中將與參謀們一起拍手。

這一次朝臺灣南部及日本列島發射的彈道飛彈，總數有四十七枚。其中包括「東風」三型（ＤＦ—３）四十二枚，「東風」四型（ＤＦ—４）五枚。

「東風」三型（ＤＦ—３）是射程二千六百五十～二千八百公里的ＭＲＢＭ（準中距離彈道飛彈）。不僅是臺灣，連日本也是攻擊的目標。西方將其稱爲ＣＳＳ—２。是一段式液體燃料火箭。

「東風」四型（ＤＦ—４）是射程四千七百五十公里的飛彈，目標不只是日本列島，甚至也可能攻擊美軍的關島，是ＩＲＢＭ（中距離彈道飛彈）。這次攻擊日本實驗性地發射「東風」四型，想要確認其命中精準度。

第二砲兵司令部司令員馮中將事前報告指出，「東風」三型的三十枚發射到臺灣南部各地，剩下的十二枚則發射到日本。而「東風」四型的四枚則全部朝日本發射。

但是，「東風」三型的四十二枚當中，有二枚在發射升空時失敗。二枚雖然成功發射，但是後來大幅度脫離軌道，並未到達目標地點。剩下的三十八枚大致到達目標地點。成功率非常高。

另外一方面，「東風」四型四枚都經由軍事偵察衛星的觀測，確認都到達了橫須賀基地、東京港、橫田基地與百里基地。

除了「東風」飛彈攻擊日本列島之外，潛藏在太平洋的四艘攻擊型核子潛艇，共發射了四枚「巨浪」一型（ＪＬ—１）飛彈。

飛彈都成功發射，但是其中一枚還未到達軌道就自行引爆，而剩下的三枚則到達目標百里基地和橫須賀港、橫田基地。「巨浪」一型（JL—1）是射程一千七百公里的SLBM潛水艇發射型彈道飛彈。西方稱爲CSS—N—3。

關於「東風」三型，在實戰時曾經使用好幾次來攻擊臺灣，但是「東風」四型與「巨浪」一型以往並沒有進行過實戰的使用。這一次飛彈攻擊成功，對於總參謀部而言，的確是可喜的現象。

如果將普通彈頭更換爲核子彈頭的話，對於日本會造成致命的打擊。

莫參謀次長透過擴音器，徵求秦中將的意見。

『想要使用一枚戰術核彈進行實戰，你覺得如何呢？』

「發射到何處呢？」

『用來攻擊太平洋的硫黃島。硫黃島有日本軍及美軍的設施，更巧的是並沒有非戰鬥員的居民居住。而且今後如果發展爲對日、對美戰爭的話，硫黃島和關島對我國而言，都是一大威脅的戰略據點。我想趁現在擊潰硫黃島才是上策；而且也要日本政府看到硫黃島的遭遇，對他們而言是一大警告。』

「嗯。」

秦中將一邊思索，同時看著狀況表示板。硫黃島是在距離琉球一千公里以外的海域上的島嶼。

「各位同志覺得如何呢？」

秦中將徵求在旁的作戰室長楊上校以及副室長賀堅上校的意見。

「這個嘛！也許是試試『東風』五型的好機會。總之，到時候也可以用來擊毀美軍據點關島，可以當成預演嘛！」

楊上校意氣風發地說著。

「東風」五型（DF—5）射程一萬二千公里，是以攻擊美國本土爲目的的ICBM（大陸間彈道飛彈）。以往是當成發射人造衛星的火箭CZ系列開發出來的。當然，以往並沒有用在實戰上。

賀堅上校搖搖頭說道：

「我和楊同志的意見不同。還是不能使用核子武器。不到最後關頭，不能使用核子武器。核子武器的威力除了在實際的破壞力以上，還具有一種深不可測的心理恐懼感。但是最初使用核子武器的一方，在國際上卻會處於不利的立場。輕易使用的話，也許會遭到美國核子武器的報復。這樣可就糟了。」

秦中將對賀堅上校點頭說道：

「這一次只是警告階段。正如賀同志所說的，不能夠輕易使用核子武器。我國只是充分顯示出能夠對日本列島各處使用核子彈頭飛彈，讓日本政府瞭解到只要與我國作戰，會遭遇怎樣的下場。」

楊上校非常地不滿，但是還是勉强點頭。

「説的也是。第七艦隊的動向如何呢?周上校同志。」

海軍周上校看著狀況表示板。

「美國第七艦隊目前在釣魚臺東北一百海里，緩緩朝向臺灣海峽航行。跟不上我們的航空母艦艦隊。」

秦中將露出得意的笑容。

「這也無可奈何啊!美國海軍只注意到我軍要攻擊臺灣，所以現在我們可以實行對日戰爭計劃。已經做好準備了嗎?」

「是的。隨時都可以展開攻擊。」

周上校回答。秦中將很滿意地點頭。

到底是要攻臺灣還是要攻取琉球呢?總之，以目前的局面而言，對於我國非常有利。

「只要攻下琉球，讓敵人背後受敵，同時可以壓迫美國第七艦隊的補給線，對臺灣攻擊也可以形成一大支援。堪稱是一石二鳥的作戰。」

秦中將看著坐在桌前的參謀們。楊上校繼續説道：

「關於臺灣本島的攻略，由於兵力不足，按照預定計劃，進行第二次登陸作戰。」

「很好。狀況如何？」

「運輸船隊二千艘已經出港，護衛方面則出動新的戰術預備的第三護衛艦戰隊和高速飛彈艇艦隊。」

周上校開口説道。

第三護衛艦戰隊是以飛彈驅逐艦「成都」爲旗艦的第十三護衛隊與第四三護衛隊，總計二十艘所構成的驅逐艦與護衛艦的混合艦隊。

「很好，但是第七艦隊會不會阻撓呢？」

「因爲考慮到這一點，所以想讓戰略預備的第二護衛艦戰隊同時南下。」

第二護衛艦戰隊是由最新飛彈驅逐艦「青島」爲旗艦的第十二護衛隊、第三二護衛隊的二十艦所組成的。和第一護衛艦戰隊同樣的，將重點擺在提升對水上艦戰鬥能力，是聚集最新艦的虎子艦隊。

「利用第二護衛艦戰隊，可以攻擊第七艦隊嗎？」

「有秘策。萬一第七艦隊對我第三護衛艦戰隊發動攻擊時，可以直接加入戰鬥。

在此之前，會先隱藏在渤海深處，以防萬一。」

航空參謀何炎空軍上校說道。

「利用艦隊與艦隊對決，這個想法是不是太老舊了呢？我認爲波狀航空攻擊和對艦飛彈攻擊的方式，就戰術而言，更爲有利。」

「正如何炎上校同志所說的，光是派遣第二護衛艦戰隊和第三護衛艦戰隊，如果没有航空支援或陸上飛彈部隊的支援，恐怕很難戰勝第七艦隊。除了第七艦隊之外，還有日本海軍的護衛艦隊。艦隊決戰就是對艦飛彈決戰，不光是利用護衛艦戰隊，尚必須同時利用高速飛彈艇戰隊，及來自陸上的對艦飛彈、來自空中的對艦飛彈攻擊，採取這樣的集中戰術，才是前提。」

周上校說著。秦中將點點頭。

「就是飽和攻擊。」

「確實是如此。對於武器性能較差的我軍而言，想要攻破具有近代武器裝備的高科技艦隊，只能以量取勝。馬克斯也說過，量轉化爲質，超過一定量的攻擊，就可以轉換爲品質較高的攻擊。」

「估計情況會如何呢？」

「光是海軍航空部隊，包括殲擊、强擊等攻擊機在内，可以投入五百架。而來自空軍護衛戰鬥機，也可投入五百架，總計一千架，可以擊潰第七艦隊及其航空部隊，和在背後的日本艦隊或日本空軍。另外，陸軍沿岸防衛隊的地對艦飛彈二百枚，高速飛彈艇的飛彈一百枚，護衛艦戰隊的對艦飛彈一百枚。如果一次大量的發射這些對艦飛彈，即使是世界上最强的第七艦隊，也不是我們的敵手。」

周上校的説明，令參謀們都鬆了一口氣。秦中將滿意的笑道。

「噢，真是壯大的飛彈攻擊。但是我國具有這些對艦飛彈的儲備嗎？楊上校。」

楊上校苦笑回答道。

「由昔日蘇聯所提供的舊式飛彈和我國自行生產的飛彈有很多。事實上，還不知道要如何處理呢？趁此機會，可以發射出去，可是是否真的能夠命中目標，就不得而知了。」

「即使如此，也能使敵人慌了陣腳。原本就打算丢棄的舊式飛彈，的確有所幫助。」

秦中將搖搖頭。周海軍上校繼續説道。

「只要趕走第七艦隊，那麼對日戰爭或解放台灣就會非常輕鬆了，所以這一次的海戰，絶對不能輸。」

「好，就這樣進行作戰吧！」

楊上校開口說道。

「作戰部長，對日戰爭計劃，可以進入第二階段了嗎？」

「好的，也對海軍司令部下達命令。」

楊上校點點頭。

2

台灣高雄　臨時總統府會議室　8月2日　晚上九時

李登輝總統手臂交疊，側耳傾聽參謀總長朱孝武的報告。

在會議室裡，聚集了輔佐官錢建華和行政院長呂玄等政府閣僚及軍幹部。

「……雖然對敵人的艦隊有極大的打擊，但是敵人持續渡航作戰，無法成功阻止敵人的進攻。我國的機動艦隊和空軍，也蒙受了極大的損害。機動艦隊必須暫時停止攻擊，從戰域後退，準備補給，重新整頓。」

「給予敵人何種程度的打擊呢？」

「給予敵人打擊的程度，目前尚無法判別，不過根據艦隊的報告及偵查機的判定，至少已擊沉了敵人的水上戰鬥艦驅逐艦三艘，而且有四艘以上嚴重受損。而兵員運輸船和戰車登陸艦等，至少擊沉了一百五十艘，另外有幾十艘則因燃燒，無法航行。高速飛彈艇至少擊沉了十二艘，潛水艇擊沉了二艘。」

「嗯，戰果輝煌。」

「不，雖然打擊敵人的護衛艦隊有很好的戰果，但是運輸船的擊沉數不多。運輸船隊有一千艘以上，其中還有改裝成運輸船的替身船，而這種船我們不能消耗昂貴的對艦飛彈去擊沉它，所以對艦飛彈只用來攻擊敵人的護衛艦或登陸艦。對於其它的小運輸船舶，則應該採用其它的攻擊方法。」

「該怎麼做呢？」

「利用對艦飛彈攻擊，數量有限，今後應該以航空部隊爲主，從空中進行火箭彈攻擊或轟炸，擊毀海洋上的運輸船隊。」

「原來如此。那麼，空戰狀況又如何呢？」

空軍司令官空軍上將周士能，站起來說道。

「到目前爲止已經確認擊毀敵人戰鬥機和攻擊機二百一十三架，還擊毀了十幾架的運輸機。另外，由於美國海軍軍機的支援，我們已重新拾回暫時失去的航空優勢。

目前則大致可以確保我方擁有的航空優勢。」

「我軍的損害情況如何?」

「失去三十九架戰鬥機，二十六名飛行員戰死，不過還是具有進行空戰的能力。今後正如參謀總長朱孝武所說的，將以空軍爲主體，展開海洋上的阻止作戰。」

周空軍上將抬頭挺胸的說著。李登輝總統點點頭。

「那麼，我國海軍的損害情況如何呢?」

參謀總長朱孝武請海軍司令官孟景藻海軍上將說明。孟司令官站起來說道。

「由於敵人高速飛彈艇的奇襲攻擊，產生意想不到的損害。由第一二四艦隊與第一四六艦隊所組成的十五艘第一機動艦隊當中，驅逐艦『遼陽』、『昆陽』、『正陽』、『當陽』四艘被擊沉。驅逐艦『建陽』、『綏陽』、『萊陽』及護衛艦『繼光』這四艘被飛彈擊中，因爲破損，所以必須脫離戰線。此外，驅逐艦『德陽』、『雲陽』及護衛艦『成功』雖然中彈，但損害程度輕微。根據先前的戰鬥，海軍方面戰死達四百三十人以上、傷者達七百人以上、失蹤者達三百人以上。」

李登輝總統發現損害比敵人更爲嚴重，因而面露沉痛的表情，說道：

「今後該如何作戰呢?」

「我軍應該投入高速飛彈艇戰隊四十艘，朝戰鬥海域出發，代替第一機動艦隊，而且要進行夜戰。」

孟海軍司令官看著手邊的資料。

「另外尚有第二機動艦隊。第二艦隊目前在釣魚台海域附近，正和敵人的飛彈進行交戰中，現在尚未收到損害報告。」

第二機動艦隊是由最新的六艘康定級衛護艦所組成的第一三一巡邏艦隊，以及六艘濟陽級護衛艦所組成的第一六八巡邏艦隊組成的混合艦隊。

李登輝總統看著擺在桌上，畫著台灣島、大陸和台海間海峽的地圖。

第一機動艦隊與第二機動艦隊的位置上，擺著藍色的標誌，而敵人中國軍的位置則擺著紅色的標誌。釣魚台東北，有美國第七艦隊的白色標誌，至於琉球西方則擺著日本艦隊的綠色標誌。

「持續由空中和海洋進行海上阻止作戰吧！」

「是的。敵人部隊已經有一部分登陸，他們還要讓增援部隊登陸，但我們不能再讓他們繼續登陸了。」

「敵人的飛彈攻擊損害如何？」

國防部長謝毅站起來說道。

「關於這件事，由我來報告。敵人這次以高雄周邊爲主，對台南、台中等地，利用『東風』飛彈，進行無差別攻擊。雖然我們以配備的愛國者飛彈、天弓飛彈加以迎擊，但是飛來的三十枚飛彈當中，只擊落了八枚，二十二枚著彈，連一般市民都受到傷害。」

「何處受損呢？」

「民間受損的是高雄市、台中市、台南市、新竹市等地，民宅損毀二百棟以上，而截至目前爲止，報告顯示死傷者四百人以上。如果照死傷者的被害狀況，人數應該還會再增加。」

「真是卑鄙！對於無防衛都市的老百姓，竟然也進行無差別攻擊，難道要我們種族滅亡嗎？」

「不幸中的大幸是，彈道飛彈並未搭載在核子彈頭或化學武器、細菌武器等。倘使今後戰鬥激烈化，敵人便有可能會使用NBC武器，因此不得不加以警戒。」

「外交部長薛德餘必須立刻向聯合國安全保障理事會，報告無差別攻擊的狀態，使他們趕緊發出責難中國的緊急聲明。」

「是的，立刻去做。」

外交部長薛德餘以沉重的語氣回答。

「和反叛軍的戰鬥狀況如何呢？」

李登輝總統已經將注意拉到新竹附近的前線。參謀總長朱孝武看著手邊的報告書。

「目前戰線有三處。第一戰線是新竹以北二十公里的新豐到大溪附近，我軍沿著這個戰線展開，對從觀音海岸到八里海灘登陸的敵人給予迎頭痛擊。敵人包括海軍旅團一個和輕步兵師團一個、大隊規模的特殊部隊一或兩個。敵人的主力是倒戈的第一機械化師團和第九首都警備師團。敵人佔領了中正機場或台北機場，並利用運輸機增援步兵部隊。根據情報顯示，空降部隊也降落在桃園郊外及大溪郊外的高爾夫球場和田園。看來敵人的部隊將會投入第一戰線和第二戰線。」

「由運輸機空運而來的敵人部隊，規模如何呢？」

「到目前爲止只看到一個旅團。」

「空降部隊呢？」

「看到一個師團的規模。」

「爲什麼空軍軍機無法阻止敵人的運輸機呢？」

「因爲雷達防空網落入反叛軍之手，等到察覺時，敵人已經從釣魚台上空到台北空域，利用空中迴廊，進行侵略。目前美國海軍已經封閉空中迴廊，但是敵人仍以超低空的方式，渡過海峽，空運部隊。」

「難道無法從空中攻擊空降部隊嗎？」

「是可以從空中攻擊，但是敵人的對空武器，使我們無法從空中攻擊，甚至嘗到了失敗。」

「糟糕，糟糕！」

李登輝總統嘆息。參謀總長朱孝武繼續說道。

「我軍第七、第九機甲旅團和第二二步兵師團，在第一戰線展開，攻擊敵人，但是敵人的反擊非常强烈，陷入激戰當中。目前仍持續一進一退的狀態。」

「應該送去增援部隊。」

「是的。在台中的第二機械化師團已經到達戰線，而台南的第八機甲旅團和第八步兵師團，高雄的第十二機甲旅團和第三師團，也已趕緊派遣過去了，約莫在今天半夜會到達戰線。如此一來，戰局應該對我方有利。」

李登輝看著地圖。

「第二戰線在哪裡？」

「第二戰線在慈湖附近到烏來一帶。」

參謀總長朱孝武用手指著從慈湖畫到烏來的線。

「在第二戰線，有旅團規模的敵人空降部隊和第九首都警備師團一個大隊在此佈陣，攻擊我方。而到達基隆的一個敵人步兵師團，正趕往增援。」

「我方呢？」

「目前緊急派遣第七步兵師團的一個大隊前往山中，卻遭遇阻擋，遭到敵人頑強的攻擊，正陷入苦戰中。」

「無法增援嗎？」

「當然已經由預備的第五一師團，經由東西橫貫公路，趕往該地。如果第五一師團主力能夠到達，應該就沒有問題了。」

「希望如此。」

李登輝總統搖搖頭。

「那麼，第三戰線的情況如何？」

「第三戰線由第七師團固守，從礁溪後退，依然在羅東以北十公里處，遭遇敵人進擊。敵人以第一機械化師團爲主力，及第三一預備步兵師團，另外，還增援了一個由基隆附近進入的步兵師團。而我方則是以第七師團爲主力，再加上第五二預備步兵師團。第六機甲旅團已到達蘇澳，第四步兵師團也正趕去，今後戰局應該會好轉。」

李登輝總統呼的嘆一口氣。

「戰爭才剛開始，竟然遭遇政變，重新整頓需要花點時間，必須全力以赴，將敵人從台灣趕走才行。」

「知道了，務必將敵人趕出海峽。」

參謀總長朱孝武恭謹的向李登輝總統行禮。輔佐官錢建華要求發言。

「總統，我有我的看法。」

「你想說什麼？」

「我和劉仲明特別顧問檢討過了，目前應該要趕緊承認華南共和國和滿洲共和國的獨立，最好能夠締結三國同盟。」

「嗯，承認華南共和國和滿洲共和國這點我没有異議，但是現階段這麼做，有什麼意義嗎？」

「關於這一點，就由劉仲明特別顧問來作説明吧。」

先前一直保持沉默的劉仲明特別顧問，開口説道：

「我想目前應該採取遠交近攻的策略。」

「遠交近攻？這是什麼策略？」

「目前要求滿洲共和國獨立的瀋陽軍，正和北京軍對峙。滿洲共和國的領導者希望藉著政治交易，和北京達成共識，取得獨立。説服滿洲共和國軍，讓他們進攻北京。現在如果瀋陽軍進攻北京，北京首腦就必須將派往華南和我國的兵撤退回去，如

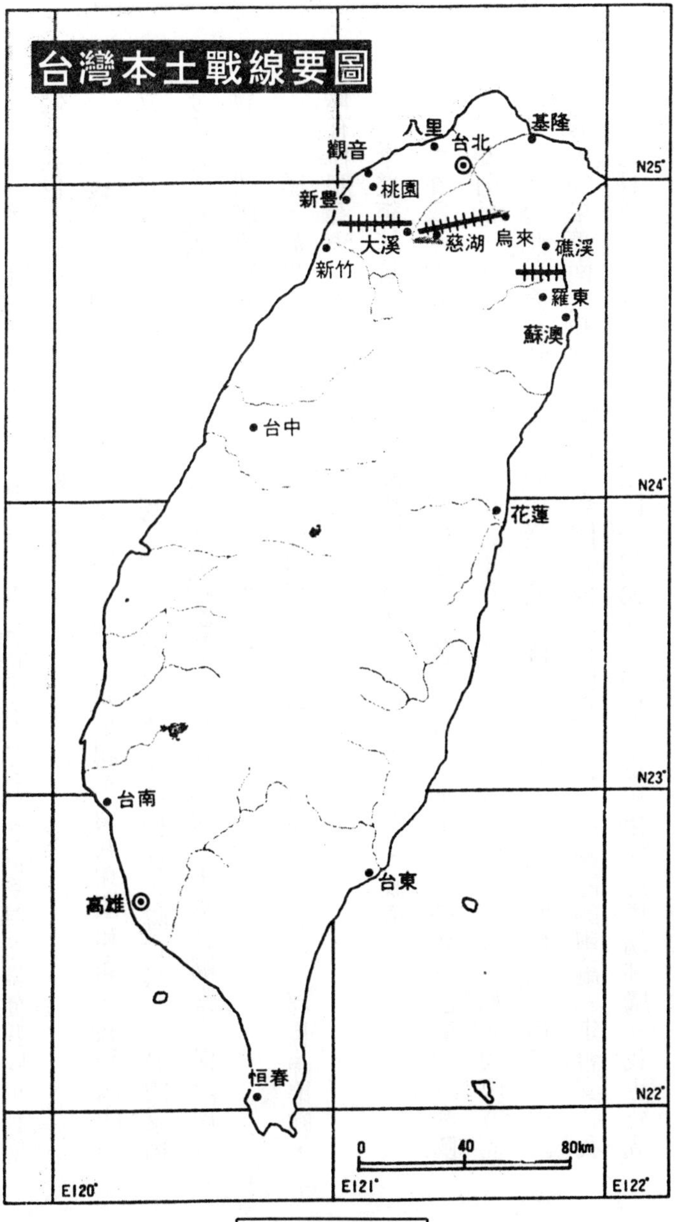
台灣本土戰線要圖
八里
基隆
台北
觀音
桃園
新豐
N25°
大溪
慈湖
烏來
礁溪
新竹
羅東
蘇澳
台中
N24°
花蓮
N23°
台南
台東
高雄
恒春
N22°
0
40
80km
E120°
E121°
E122°

此一來，便可使華南共和國軍挽回劣勢，而且我方戰局也能有利的展開。」

「華南共和國和我國同一步調，但是滿洲共和國真的會同意嗎？即使我國承認他們，我也不認爲這會有什麼好處。」

「我國、美國及日本等聯合國諸國，都應該承認華南共和國和滿洲共和國的獨立，而且我國也要要求加入聯合國，同時當然也要申請他們加入聯合國。對於國家獨立而言，得到國際認同，是非常重要的課題。三國並同時要求聯合國安全保障理事會，派遣聯合國PKF去阻止北京政府的戰爭政策。」

「嗯，如果滿洲共和國願意展開這種行動，局面的確會改變。外交部長薛德餘，你有什麼看法呢？」

李登輝總統看著外交部長薛德餘，薛德餘沈思了一會兒，說道：

「在國際間控訴北京政府的霸權主義，值得一試。如果能讓國際承認滿洲共和國也是很好的。由我國居中斡旋，也是不錯的作法。以目前的狀況而言，如果國際方面不出面，恐怕就會變成一種內戰。滿洲共和國在這一點上，也相當焦急。爲了使中國解體，如果華南共和國、滿洲共和國及我國三國宣布獨立，國際的輿論一定會支持我們。而且並非只有一國獨立，三國一起獨立，相信一定會使國際輿論沸騰。我也贊成這麼做。」

「值得一試，似乎沒有什麼損失，但是應該如何展開工作呢？」

李登輝總統看著劉仲明特別顧問。

「趕緊派遣密使到滿洲共和國，進行秘密交涉。」

「密使？」

「先對華南共和國政府發揮作用，和他們的代表一起到瀋陽去。雖然台灣和滿洲共和國無關，但是卻和華南共和國的軍隊和政治家都非常熟悉。和華南在一起，相信滿洲也會信任我們。」

錢建華輔佐官附帶說明。

3

琉球海域　8月3日　4時

海洋上波濤萬丈，東方的天空，被染成紅色，長夜即將消失，黎明將要到來。空中籠罩著雲雨。

在南方海上發展的熱帶性低氣壓北上，威力强大，隨時都有可能發展成爲颱風。

ＤＤＧ１０２「春雨」艦長國松二等海佐站在艦橋，透過望遠鏡，看著黎明前的琉球海面。

宙斯頓護衛艦ＤＤ１７４「霧島」爲旗艦的第二護衛隊群，正在琉球北方一百海里的鳥島沖附近航行。

第二護衛隊群是以旗艦宙斯頓護衛艦ＤＤ１７４「霧島」與補給艦ＡＯＥ「常磐」爲主，在周圍環繞著帶頭的ＤＤＨ１４３「白根」。往右依序爲ＤＤＧ１７２「島風」、ＤＤ１２９「山雪」、ＤＤ１３０「松雪」、ＤＤＧ１０２「春雨」、ＤＤ１５６「瀨户霧」、ＤＤ１５８「海霧」等七艘，形成圓形陣形。

「旗艦聯絡。提高爲第一戰速。」

通話員叫著，國松艦長回答。

「第一戰速，維持原先的航向。」「第一戰速!維持原先航向。」

操舵員複誦，並將指針對準第一戰速。聽到來自機械室的提高爲第一戰速的聲音。原速爲12節(海里/小時)，强速爲15節。再上升3節，則第一戰速爲18節、第二戰速爲21節、第三戰速爲24節、第四戰速爲27節，最大速力爲第五戰速的30節。原速以下，再上升3節刻度，則半速9節，微速6節。

行。

在遙遠的上空，從「白根」起飛的對潛直升機SH—60J「海鷹」，進行巡邏飛機身紅色的閃爍燈，還在黑暗的夜空中閃爍著。「海鷹」負責進行從上空朝向水平線外的對艦飛彈或水上目標的搜索、探測、識別、攻擊時的測量、支援等任務。「海鷹」利用UHF通信，將探測資料時時刻刻的送達NCS（通信網路管制所裝備）艦旗艦「霧島」或NTDS（海軍戰術情報系統）艦的「春雨」或「白根」。戰術資料瞬間由資料環輸送到NON—NTDS艦、PS艦。

在近海的空中，有海上自衛隊的對潛偵察機P—3C及航空自衛隊的E767AWACS（空中警戒管制系統）飛行，逐一監視周圍海域艦艇的行動。形成雙重、三重的警戒態勢。

在右舷斜前方三十公里的位置，應該有縱列航行的旗艦「霧島」和補給艦「常磐」。而在左舷斜前方三十公里處的「瀨戸霧」，及在右舷三十公里處附近的「松雪」，應該並排進行。

任何一個艦影，在水平線外都無法看清。由於圓形陣形半徑約二十海里（約三十六公里），因此，雙方看不到同志的艦影。不過藉著資料環的連結，所以不會感覺不安。

「中國艦隊究竟要到什麼地方才會停止呢？」

副艦長白井一尉面露緊張的神情説道。

「不知道，但是如果按照現在的方向前進，可能是九州。可是他們在想些什麼呢？」

國松艦長不了解中國艦隊的意圖，緊咬著嘴唇。

根據偵察機的觀測，中國艦隊是航空母艦「大連」和輕型航空母艦「旅順」等的航空母艦戰鬥群。還有護衛航空母艦的水上戰鬥艦，包括旅大改級飛彈驅逐艦「延安」爲旗艦的北海艦隊第一護衛艦戰隊十五艘。

其中包括飛彈驅逐艦四艘、飛彈護衛艦四艘、通常型對潛驅逐艦四艘、對潛護衛艦二艘、補給艦一艘。

航空母艦「大連」、輕型航空母艦「旅順」是擁有跳躍跳台型飛行甲板的航空母艦，搭載作戰機，如果不是垂直離陸戰鬥機Ｙａｋ－38，就是其改良型，總計三十六架。此外，還搭載了幾架對潛直升機。其戰鬥力不容忽視。

『中國艦隊改變航路。航路一二〇，速度不變，24節……』

依照ＣＩＣ室的報告，國松艦長皺著眉頭。

中國艦隊竟然將航路反轉過來。

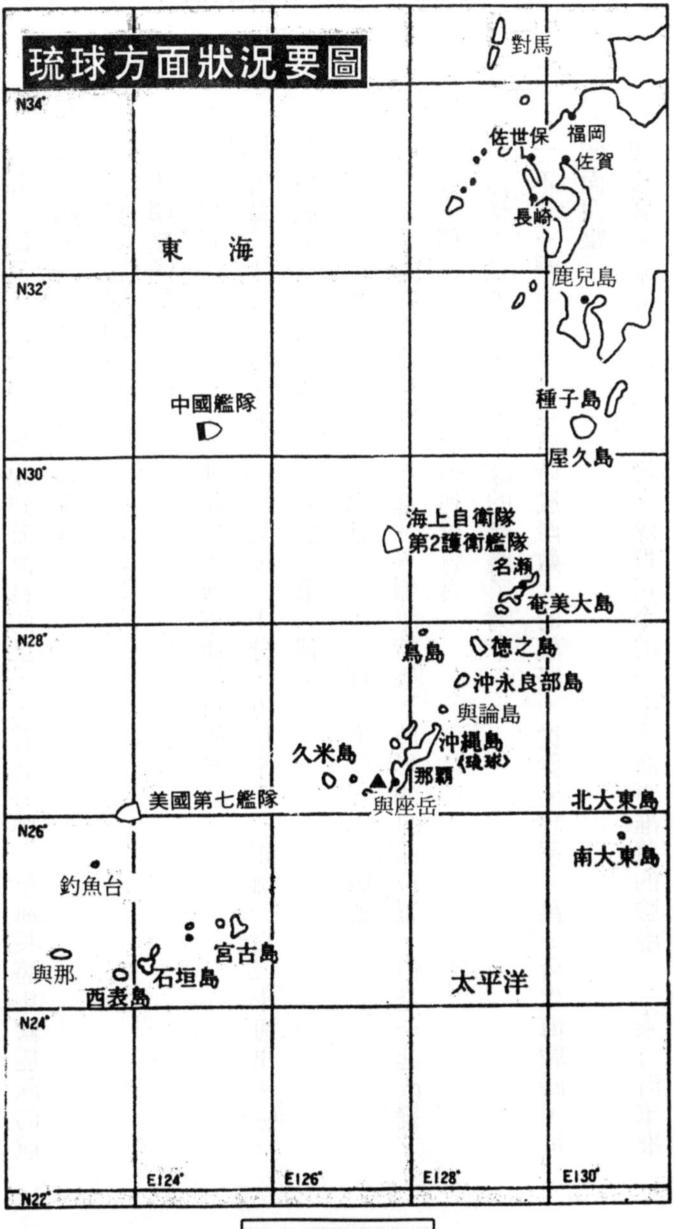
琉球方面狀況要圖
對馬
福岡
佐世保
佐賀
長崎
東　海
鹿兒島
種子島
屋久島
中國艦隊
海上自衛隊
第2護衛艦隊
名瀨
奄美大島
鳥島
德之島
沖永良部島
與論島
沖繩島
(琉球)
久米島
那覇
與座岳
美國第七艦隊
北大東島
南大東島
釣魚台
宮古島
與那
石垣島
西表島
太平洋
N34°
N32°
N30°
N28°
N26°
N24°
N22°
E124°
E126°
E128°
E130°

「朝向我們來了。」

白井一尉爲了確認，趕緊跑到航海長的桌子，看著海圖。航海長將中國艦隊的航路畫在海圖上。白井一尉大叫著說道：

「目標好像是琉球本島。」

「中國艦隊的位置呢？」

國松艦長詢問CIC室。通話裝置傳來通訊員的聲音。

『北緯三十度十分，東經一二五度二十分，方位……，距離一百二十海里。』

「旗艦聯絡，航路改變，二七〇，第二戰速。」

「了解，左舵二七〇，第二戰速。」「左舵二七〇，第二戰速。」

操舵員的複誦聲在艦橋内響起。各艦維持圓形陣形的自艦位置，但是一起改變方向。對於這個命令，白井一尉感到很訝異。

「這樣不是離開了中國艦隊的航路了嗎？」

「不，一乘寺司令認爲暫時脱離敵人的航路，從側面攻擊。萬一發生海戰時，可以從側面迎擊。」

國松艦長腦海中浮現第二護衛隊群司令的一乘寺海軍准將的臉龐。一乘寺海軍准將和第一護衛隊群司令前村海軍准將同樣是海上的豪傑。

而且旗艦「霧島」艦長向井一佐也非常的勇猛、大膽，博得不少部下的信賴。而且旗艦「霧島」擁有對水上艦作戰方面，長於戰術的海幕幕僚杉本二佐，一起乘坐在船上，堪稱是一乘寺司令的左右手。

一定有什麼想法才對。

國松艦長一直凝視著艦首劃過水面，往左轉。

4

那霸・空自・西南警戒管制本部管制室　4時5分

忽然聽到緊急警報響起，正在角落，啜飲著咖啡值班的黑崎一尉跳了起來，爬上了控制台，而加藤二等空曹則看著監控器，拚命敲打鍵盤。

「怎麼回事？」

「接到西部ACWWG（航空警戒管制團）的緊急警報。美軍通報，確認有彈道飛彈發射。」

坐在控制台前的通訊員們，全都回頭看著加藤二曹。

所謂美軍的通報，是指軍事偵察衛星的情報資料。日本並沒有軍事偵察衛星，因此，無法捕捉到大陸何處發射的飛彈，一切都要依賴美軍。

「在哪裡？」

「中國各地，發射數目超過一百枚。」

出現在螢幕上的大陸地圖，點點記錄著飛彈發射的場所，數目爲一百二十枚。

「全都朝向這兒來了。」

「好，等等力准尉向第五高射群司令部報告，加藤二曹立刻向全ACW進行緊急聯絡，全力捕捉飛彈。通知愛國者飛彈高射隊，進入攻擊狀態。」

黑崎一尉拿下控制台的聽筒，貼在耳朵上。呼叫聲響起，對方立刻回答。

「室長，彈道飛彈發射了，正朝向這兒來。」

『什麼？飛彈嗎？』

大木二佐睡意全消，大聲叫著。

『距離呢？』

「還在一千公里以上。」

『好，我到那兒去，在此之前，由你指揮。』

「了解。」

『萬一是核子彈頭飛彈，全基地就要趕緊進入防空壕避難。』

「了解。」

黑崎一尉對著麥克風說道。

「十五分鐘後，第一彈到達此處。」

加藤二曹説道。

「17、18、19ADMS（高射隊），全都完成發射準備。」

第17ADMS（高射隊）配置在那霸，第18ADMS配置在知念，而第19ADMS則配置在恩納。那霸的第17ADMS，配備了愛國者飛彈PAC2，一組四連發發射機四座。

愛國者飛彈一組最大可以同時追蹤四十個目標，加以攻擊，但是自衛隊因爲預算的關係，只能擁有四座四連發發射機。即使能夠捕捉到四十個目標，但愛國者飛彈一次只能發射十六枚。

「捕捉到彈道飛彈的機影。」

隔壁控制台的户川三曹叫著。黑崎一尉看著户川三曹的監控器。這是由配置在久米島的第54ACW（警戒群）的高高度偵測雷達傳送來的映像。

5

第17ADMS（高射隊）隊長外間一尉，面對管制站的管制台，吞口口水。雷達捕捉到高高度的目標，銀幕上映出其航跡。

彈道飛彈發射了一百枚以上，在西南群島各地，都受到了威脅。

「不久之後，進入射程內。」

河野一曹告知。電腦計算彈道飛彈的軌道，算出愛國者飛彈迎擊的最適當位置，進行發射準備。

「發射準備完成。」

聽到旁邊的梶山空曹長告知，外間一尉舐舐嘴唇。

「鎖定目標。」

「鎖定。」

同時將準星對準了十六個目標，紅色的燈變成了藍色的燈。

「好，進入射程內就發射。」

「了解。」

萬一迎擊失敗，想到自己的責任重大。然而彈道飛彈的數目太多了，一百枚以上全部一起湧到，即使是佔優勢的愛國者飛彈，也無法將其全部擊落。

如果沒有被愛國者飛彈擊落，則尚可用地對空飛彈奈基霍克加以迎擊，但是奈基是舊式的，如果是飛機還可以應付，可是如果是飛彈，則迎擊的性能比愛國者飛彈差很多。

「九、八、七、……三、二、一、〇」「發射！」

外間一尉在間不容髮之際大叫著。梶山空曹長按下按鈕。

從距離一百公尺遠的發射台，愛國者飛彈發出轟然巨響，一起發射。一枚、二枚、三枚……。

有幾枚拖著白煙尾的愛國者飛彈，目標朝向虛空的雲間，馳騁而去。

八枚、九枚、十枚……。

「全彈發射！」

「趕緊裝填下一組。」

外間一尉大聲的命令部下們。隊員們趕緊跑向發射終了的四連發發射台，周遭還瀰漫濃烈的燃料臭氣。預備飛彈的車輛發出轟隆的引擎聲，急速停車。在發射台重新裝填新的愛國者飛彈彈體。

「快點，來不及了，飛彈就要到達了！」

外間一尉自己也跑向發射台，幫忙隊員們一起裝彈。

6

那霸機場・空自302飛行隊搭載員待機所　4時15分

飛行隊長牧野二等空佐在待機所的沙發上打盹兒，突然醒了過來，看著部下們優閒的在看書，或是戴著耳機聽音樂。

昨天晚上雖然睡得很飽，但是還是覺得非常的累，無法驅除睡意。

昨天在那霸機場附近，有兩枚飛彈著彈。一枚掉落在滑行跑道外的海中，而另外一枚則直接攻擊附近港口設施，損害了埠頭。

因此，當空襲警報響起時，擔心愛機都會彈跳起來，結果睡眠不足。

牧野拿起水瓶，將熱咖啡倒入紙杯中，想要藉此趕走睡意。

從昨天開始，中國海軍的航空母艦隊就已接近九州本土，同時琉球那霸基地也進入第一級警戒。牧野所處的第八三航空隊第三〇二飛行隊十二架飛機，都進入待機狀態，隨時都可以出發。

F—4EJ改四架，即時進入待機狀態。萬一遭遇中國航空母艦艦隊的艦戰機偷襲時，爲了能夠儘早立刻起飛迎擊敵機，因而選擇在滑行跑道一端，讓引擎空轉停機的待機方法。

那霸機場不只有第三〇二飛行隊，從本土迅速移動而來的八空的第三〇四飛行隊的F—15J十二架，及八空的第六飛行隊的F—4EJ改十二架，以及五空的第三〇一飛行隊的F—4EJ改十二架等也在待機。

不只是空自，那霸機場海自第五航空群的對潛哨戒機P—3C也使用了。目前第一航空群正由鹿屋趕來支援。

那霸機場只有一條滑行跑道，是由民間航空公司和自衛隊共用。而狹隘的機場因爲自衛隊機的湧到，已經進入了恐慌狀態。

不過在準戰時下，大幅限制減少了民航機的起降，觀光客銳減，因此，民航機只有在白天幾個小時使用機場。所以，事實上，那霸機場現在已成爲臨時的自衛隊基地了。

「飛行隊長，你好好的睡一覺吧！我們會保持清醒，好好的警戒，天就快要亮了。」

大森一尉攤開週刊，如此說著。

「唉，睡不著，一直在作惡夢！」

牧野說著。戰術航空士川上二尉問道。

「作什麼惡夢啊？」

「想去上廁所，卻沒有辦法小便，就這樣清醒了。」

「噢，那你大概是想去上廁所吧！」

「是的，作這個夢，可能是想去小便吧！」

大森一尉笑著。

「那麼，現在趕快去上廁所吧！免得等一下要上機就麻煩了。」

「說的也是。」

牧野站了起來，走到待機所的走廊，進入走廊一端的廁所。

同時站起來的大森一尉和川上二尉也笑著說道。

「怎麼樣啊，中國航空母艦艦隊的動態如何，你聽說了嗎？」

「不知道，司令部並沒有任何消息傳來。」

「我們聽到航空母艦的位置，真的是一喜一憂。雖說中國有航空母艦，但是卻不認爲它會攻擊我國，而且有第七艦隊在保護，中國政府的首腦應該不會做出如此有勇無謀的舉動吧！」

這時警報聲忽然響起，牧野穿好了飛行衣，是空襲警報。

「快走吧！」

牧野跑到走廊，跑入待機所，正在待機中的飛行員，全都抱著鋼盔，準備緊急出動。

『全員避難！飛彈接近，全員避難！』

擴音器傳來大吼聲。

從後面跑過來的大森一尉和川上二尉，雖然拿起自己的鋼盔，但又把它放回去了。

「怎麼回事？敵人難道卑鄙的用飛彈攻擊嗎？」

「畜牲！真是敵襲。」

「卑鄙的傢伙，用戰鬥機攻擊他們吧！」

飛行員們非常的生氣，異口同聲的指責中國的惡態。

聽到滑行跑道上引擎聲轟然響起，兩架待機的F—4EJ改鬼怪，飛翔而去。接著陸續又有兩架鬼怪出發，是為了追到空中，避免飛彈爆炸。

『警戒警報！敵人的飛彈接近，隊員立刻到防空壕避難。重複，敵人的飛彈多數接近，隊員立刻到附近的防空壕或地下室避難……』

擴音器以大聲音響作出指示，隊員們開始避難。

牧野也將鋼盔放回指定的場所，並催促隊員們避難。

「不要再磨磨蹭蹭的，趕快到地下室避難，避難！」

「如果是敵機來，可以迎擊，但是飛彈就不行了。」

大森一尉緩慢的走向地下室。牧野二佐將鋼盔扛在肩上，以輕鬆的步伐，跑到當成防空壕使用的地下室樓梯。

「嚴重警戒！敵人飛彈不久到達基地。著彈地點不明。」

擴音器大聲地吼著。

牧野隨著部下飛行員們，最後進入地下室，其後基地警備隊員也隨之進入，繼而關上了厚重的門。

先前響起的警笛警報已經聽不到了，因為地下室是密閉的，所以聽不到外界的聲音。

「彈頭會有毒氣，要準備防毒面具。」

聽到警備隊的空曹長大聲的叫著，並且開始分發防毒面具包。

「沒問題吧？」

「什麼事啊？」

牧野坐在椅子上。川上二尉很擔心的看著天花板。

「愛機啊！」

「掩體會保護它們的。」

由於昨天飛彈突然攻擊，所以司令部沿著誘導路，堆積了沙包及水泥塊，做成了臨時的掩體。

各機一架一架的進入被掩體三方面包圍的停機場。掩體並沒有天蓋，只要不受到來自上方直接攻擊，即使飛彈在周圍著彈爆炸時有破片，也能夠保護愛機，免於受損。

現在空自第五高射群的愛國者飛彈已經發射，迎擊敵人飛彈了吧？但是在地下室並不了解目前的情況。

『飛彈接近，不久即會到達。』

聽到安置在牆壁上的擴音器告知，牧野看著虛空，每個人都瀰漫著一股不安的沉默。

雖沒有說出口，可是如果彈道飛彈的彈頭是核子彈，這種代替防空洞的地下室，根本很難存活下來。想到在無防備狀態下，根本無處可躲的那霸市民，真的是心痛不已。

在半世紀以前，琉球的人蒙受太平洋戰爭的戰禍，出現了幾十萬的犧牲者，難道這場災禍又要再度重演嗎？

希望琉球不要再度捲入戰火中。

妻子真裕美和兒子仍然待在那霸市內的公家宿舍裡，他們也和琉球人民的命運相同，在這樣的事態下，無法和妻兒在一起，身爲軍人，這是無可奈何之事。平常就對自己這麼說，現在反而較無悔恨。

牧野想，既然如此，那麼應該開著愛機，在空中作戰才對。

既然一樣都要死，那麼，與其在地下室像個老鼠一樣被殺死，還不如在天空中飛翔，和愛機在一起，對敵人報一箭之仇，其後再死，這才是軍人的本願。

聽到轟然巨響，天花板上的日光燈搖晃著，水泥不斷的落到隊員們身上，是接近彈。爆炸時間並未持續很久。

牧野知道爆炸的並非核子彈，感覺鬆了一口氣，其他隊員也有同樣的想法，全都露出了安心的表情。

但還是不能安心，警備隊員手上拿著毒氣檢測器，以緊張的表情看著天空。

「在電影中也有這樣的場面。在防空洞裡，德國的Ｖ２火箭彈空襲結束時，在大家屏氣凝神等待時，戀人抱在一起，豎耳傾聽周遭的一切。」

川上二尉對牧野耳語著。

「哪一部電影啊？」

「一部老片子叫做『哀愁』，在隊長那個時代，應該知道這部電影吧！」

「是微微安·里主演的電影嘛！那時候我還沒有生出來，這片子已經很老了。」

「噢，是嗎？我以爲是隊長年輕時的電影呢！」

『這傢伙，把我當老年人看。』

接著，又有一枚飛彈爆炸。可能著彈地點比先前更遠，所以聲響沒有那麼大。這次也不是像核子彈爆炸似的大爆炸。

『緊急出動！三〇二要員就戰鬥位置。』

聽到擴音器傳來衆人等待的命令。霎時隊員們歡聲雷動，打開門，彷彿要推開警備隊員似的，隊員們全部衝出去。

「快一點，不要太慢哦！」

牧野一邊叫著，一邊好像脫兔般，奔向待機所，拿著自己的鋼盔和小型救生艇就跑了出去。

川上二尉也拿著鋼盔和救生艇，隨後跟去。

『敵機編隊，接近領空！全機進入迎擊狀態。』

擴音器傳來司令的命令。

牧野一邊檢查飛行衣，同時快步跑向自機的停機場。

地上整備員已經將愛機F－4EJ改的引擎點火。在停機場就好像戰場一樣，非常的吵鬧。

「落在那兒了。」

川上二尉大叫著。牧野看向川上手指的方向，滑行跑道旁的海自倉庫，冒起了黑煙。消防車和救火隊員趕往現場。

飛彈直接攻擊海自的停機場。此外，那霸市的消防警報也響起，黑煙冉冉上升。

「畜生！一定要宰掉這個敵人。」

牧野跑向F－4EJ改的機體，檢查機體是否有損傷，爬上梯子。整備員從操縱席跑出，把位置讓給牧野。川上二尉也爬上梯子，坐在後面的位置上。

引擎已經發動，發出低沉的吼聲。坐在座位上，繫上安全帶，啓動操縱桿和踏板，要進行必要最低限度的檢查，確認有無異狀。

『全部ＯＫ！』

坐在後座的川上二尉的聲音從耳機中傳來，提高引擎的運轉速。按下無線按鈕。

「α編隊（Ａ編隊）請回答。」

『αＴＷＯ』『αＴＨＲＥＥ』『αＦＯＵＲ』

二、三、四號機都回答出發準備ＯＫ。

牧野豎起雙手的拇指，用力朝左右打開，作出要整備員拿掉止輪器的手勢。整備員拿掉止輪器，朝左右散開。

「準備起飛。」

通知管制塔。機身緩緩的從掩體中滑向誘導路。列機也從停機坪滑了出來。牧野用眼睛確認之後，將愛機開往滑行跑道。

空中雲雨低垂。東方的天空明亮度雖然增加，但仍然是一片黑暗的顏色。

7

那霸·空自西南航空混合隊司令部 4時20分

西南航空混合隊司令部，瀰漫著緊張的氣氛。

司令官邊見空將跟著副官佐田三佐，快步走進司令部。

副司令官大橋空軍准將等司令部要員和作戰幕僚們，一起站起來，向他敬禮。邊見空將略微答禮。

「持續你們的作業。」

警戒群管制室的管制台前的通訊員，忙碌的作業。要員們飛奔到各處的管制台，將陸續變化的狀況，記在狀況表示板上。

「狀況如何？」

邊見空將坐在椅子上，詢問幕僚們，同時看著狀況表示板。西南警戒管制本部的多島三佐回答：

「敵人的飛彈造成的損害非常大。」

「程度如何？」

「久米島的54、沖永良部島的55、與座岳的56等三處的ＡＣＷ雷達系統遭到破壞。因此，含蓋西南群島到南九州的巴其系統，一半以上無法作業。即使投入移動式系統，想要修復，也必須花上非常長的時間。」

「存活的ＡＣＷ呢？」

「只有宮古的53ＡＣＷ和西南的ＡＣＷ。」

「修復需要花多少的時間？」

「全面恢復至少需要十個小時，就算是趕工，也要八個小時。」

「這段期間，只有一部分可以作業嗎？」

「如果作緊急處置，則有三分之一的範圍可以作業。在修復之前，倘若活用ＡＷＡＣＳ或Ｅ－２Ｃ，便可含蓋整個範圍。」

邊見空將點點頭，看著大橋副司令官。

「有沒有其它的損失？」

「那霸市內及石垣島、奄美的名瀨市等地，因爲飛彈的爆炸，蒙受了極大的損害，不過目前尚未接到報告。」

關於民衆損害的報告，只會提報到縣或警察本部，不會到達自衛隊。

「在日本，美軍基地的損害如何？」

「嘉手納和普天間等美軍基地的設施，損害情況嚴重，目前正與他們聯絡。」

「但是問題在修復之前，雷達電子網無疑是開了大洞。敵人的動態如何？攻擊的情況又是如何？」

「AWACS已經掌握了從大陸朝向這兒前進的敵人編隊，所以在防空指揮所的命令下，由三〇二、三〇四、三〇一的全部戰機，進行迎擊的態勢。」

接受巴其系統的情報處理，航空總隊的防空作戰指揮，由在府中的防空指揮群的總隊戰鬥指揮所COC負責。

「很好，已經接到防衛長官的防衛出動命令。中國軍進行飛彈無差別攻擊。無論是否侵犯領空，只要看到中國空軍軍機，立刻當成敵機，加以迎擊。將此命令下達基地司令及各飛行隊長。」

「下達吧！」

大橋空軍准將點點頭，立刻命令通信幕僚傳達命令。

「敵人編隊的規模如何？」

「目前捕捉到的編隊有五個編隊。飛機的數目至少有戰鬥機、轟炸機二百架以上，再加上中國海軍航空母艦艦隊接近本島，其艦載機有三十幾架。中國軍隊是真的想要進攻琉球。」

航空情報幕僚權藤一佐回答。

「敵人很多，光靠我們還不夠，有沒有請求西部航空方面隊司令部支援呢？」

「是的，ＣＯＣ已經對於西空、中空下達指令，另外也會請五空的二〇二、六空的三〇三、七空的二〇四趕來支援。」

「美國空軍的動向如何？」

「嘉手納的第一八航空團的第十二、第四四、第六七戰鬥飛行隊，已經進入迎擊態勢。移動到瑞慶覽的第二三二海軍隊戰鬥攻擊飛行隊，與第三一一海軍隊攻擊飛行隊分遣隊，也進入迎擊態勢。而來自岩國的第二一二海軍戰鬥攻擊飛行隊，也朝這兒飛來。還有三澤的第三十五戰鬥航空隊的第一三戰鬥飛行隊，也趕來支援。」

嘉手納的第十二、第四四、第六七戰鬥飛行隊，都是Ｆ—15Ｃ／Ｄ老鷹戰鬥機隊。而瑞慶覽基地的第二三二海軍隊戰鬥攻擊飛行隊，和來自岩國的第二一二海軍隊戰鬥攻擊飛行隊，都是Ｆ／Ａ18Ｃ大黃蜂戰鬥機隊，第三一一海軍隊攻擊飛行隊則是ＡＶ—８Ｂ獵兔犬Ⅱ戰鬥機隊。三澤的第十三戰鬥飛行隊則是Ｆ—16Ｃ／Ｄ獵鷹戰鬥機隊。

「謝謝，真是强力同志。雖然知道美日兩軍同意迎擊，但是中國軍隊真的會攻擊佔領琉球嗎？實在是很愚蠢的行爲。中國首腦的腦袋在想什麼呢？」

邊見空將看著狀況表示板，説著。

「還有一個不安的問題，萬一中國使用核子武器，那就糟糕了！」

權藤一佐說出大家心中的不安。

「核子武器嗎？那麼，日本只好捲入第三次世界大戰中了。」

邊見空將感覺自己的背脊冒著冷汗。

8

鳥島海域 4時30分

「飛彈已高速通過上空。」

CIC室傳來通信員的聲音。

國松艦長眼睛離開望遠鏡，從艦橋抬頭看著上空。上空有低矮的雲層覆蓋，看不到飛彈的影子，但國松艦長仍是反射性的作出這個動作。

「畜生！中國軍隊。」

航海長青山一尉以憤恨的眼光，看著上空的雲間。

彈道飛彈以馬赫三至五飛翔。通過上空的飛彈，可能會在琉球本島某處著彈。先前通過上空的彈道飛彈，已經有七枚以上。

『……告知海上自衛隊全員，本日黎明時分，我國已經與中國進入戰爭狀態。重複……』

擴音器靜靜的播放自衛艦隊司令官西村海將的聲音。

『……我國與中國進入戰爭的狀態，對於中國非法、不人道的侵略行爲，我國提出嚴重的抗議，但是今早黎明時，中國軍隊再度對本島各地進行無差別飛彈攻擊，因此，自衛隊最高司令官濱崎總理大臣不得不在今晨四時三十分，發動自衛權，命令陸海空三自衛隊，對於中國的侵略行爲進行反擊。一旦侵犯我國領空、領海、領土，或者是想要侵犯的中國軍隊，皆命令陸海空三自衛隊各部隊，斷然進行反擊。

此外，基於日美安保條約，美國政府決定美國的陸海空三軍和日本自衛隊，共同自動參與對中國防衛戰爭。今後，自衛艦隊司令部納入美日統合司令部的指揮下，從事戰鬥。

海上自衛隊各員爲了防衛日本國，爲了維持國際和平與安寧，期待奮勵努力。以上。」

護衛艦「春雨」的艦橋，瀰漫著緊張的氣氛。國松艦長站在艦橋上，用望遠鏡，凝視著前方的水平線。

波浪濤天，水平線因爲雨而變得非常模糊，但是在模糊的水平線彼端，有敵人中國航空母艦艦隊航行著。

中日艦隊決戰時刻終於到來。國松艦長對於肉眼看不到的敵人艦隊，感覺相當興奮。

「中國艦隊距離多遠?」

「距離一百二十海里，一直不變。」

聽到CIC室的聲音，從通話裝置傳來。

「位置呢?」

「北緯三十度，東經一二五度三十分。……航路變更爲鋸齒狀。」

第二護衛群的一乘寺司令，雖然下達命令，準備對空對潛戰鬥，但是並沒有命令對水上艦攻擊的準備。

因爲距離一百二十海里(約二百二十公里)，在雙方的對艦飛彈射程外，皆只是注意雙方行動的階段。不過在先前就以鋸齒航法和中國艦隊之間取得了一段距離。

通信員大聲告知：

「艦長，旗艦聯絡。中國艦隊現在在公海上，要到現場待機，監視航空母艦艦隊的行動。」

「還要待機嗎？對於敵人的無差別飛彈攻擊，我們不能出手嗎？」

副艦長白井一尉以憤恨不平的表情，用手敲打著艦橋的扶手。國松艦長壓抑著憤怒的情緒，說道。

「喂，喂！我們只能在自衛權的範圍之內作戰，如果敵人不攻擊，我們是不能主動攻擊的。」

「但是攻擊是最大的防禦啊！而且對於中國艦隊積極攻擊，才能夠以實力將他們從近海趕走。雖然在公海上，但是已經侵入我國二百海里的經濟水域內，也可以展開攻擊了。每次都要等我們遭遇攻擊後再反擊，將會出現很多的損害和犧牲者。」

白井副艦長生氣的說著。國松艦長不知道該怎樣安慰他。

突然警報聲響起，ＣＩＣ室的聲音傳來。

『艦長，敵機編隊接近琉球空域。』

國松艦長閉起眼睛。

「方位和敵人的編隊規模如何？」

『都是二八〇至二九〇。敵人編隊確認爲五個，敵機數量爲二百架以上。』

正西方的方向。已經發射飛彈攻擊，同時要由空軍軍機進行攻擊嗎？

「距離呢？」

『約五百公里。』

國松艦長看著白井一尉。

中國大陸與琉球本島的距離，直線算起來約六百三十公里，往返爲一千二百六十公里。無論是普通的噴射戰鬥機或轟炸機，皆能充分往返，是屬於可以進行戰鬥的距離。

如果空軍發動攻擊，相信航空母艦艦隊一定也出動了，敵人的全面攻勢，即將展開。

我們真的能夠逃離中國這個大國的侵略嗎？

國松艦長暗自緊咬著嘴唇。

9

眼下是一片鉛白色的雲海。東方天空的雲上，金黃色的太陽露出了笑容，綻放出炫目的光芒。慢慢的呼吸著氧氣罩的氧。

高度三萬八千英尺，馬赫一．五。

牧野二佐隔著座艙罩，抬頭看著十二時高處。由於太陽從背後照過來，所以對於攻擊者而言，比較有利。

牧野所率領的F－4EJ改鬼怪戰鬥機隊，以小密集隊形飛行。既然是密集隊形，就不容易被敵人的偵測雷達偵測到，而且即使被偵測到，也只會映出非常小的機影。

隊長機牧野二佐機帶頭，二號的齋藤二尉機在其左後方，三號的大森一尉機在其右斜後方。四號的內間二尉機，則在一號機正下方的位置，抬頭看著隊長機，跟隨他。

A（α）編隊的左斜後方，是B編隊的五號城山一尉機，而在其右手的是六號的西方二尉機。

在距離稍後方，還有五味三等空佐所率領的四架編隊的C（查理）編隊。形成菱形的密集隊形跟隨著。

這都是從第三〇二飛行隊中挑選出來的最精銳部隊。

「不久進入戰鬥空域。」

從鋼盔的耳機傳來AWACS通信員的聲音。

「與敵人第一目標群的距離二百公里，與敵人第二目標群的距離二百三十公里。」

「敵機的機種呢？」

牧野二佐按著氧氣罩詢問。

「第一目標群的敵機是J－6、J－7的混合編隊，機數爲五十二架。第二目標群可能是Su－27，必須注意。」

「隊長，J－6或J－7似乎不是我們的對手嘛！」

坐在後座的川上二尉的聲音從耳機傳來。

「不要小看對方。吉村一尉被擊落，就是因爲他太疏忽了。」

「了解，我會注意。」

『第三、第四目標群機種不明。第五目標群可能是戰鬥轟炸機。』

牧野二佐想起在醫院中前三號機的駕駛吉村一尉。這次的任務由大森一尉駕駛三號機。大森一尉原本是開查理編隊三號機的老練飛行員。

總之，他們攻擊的敵機編隊在二百架以上。

而加以迎擊的我方，空自三〇二飛行隊的F－4EJ改十架，三〇四飛行隊的F－15J老鷹十二架，及從嘉手納飛來的美國空軍第十八航空隊的F－15C／D獵兔犬二十四架，美國海軍航空隊的F／A－18C大黄蜂十二架。總計五十八架，戰力比爲四比一强。

即使中國軍機是一代以前的舊式戰鬥機或轟炸機，對於以射程空戰先行的現代航空戰而言，倘若他們搭載了長射程對空飛彈性能，則仍可以充分對抗現在的高性能戰鬥機。

而且即使是使用性能稍劣的對空飛彈，如果將飛彈集中在同一目標，發射許多枚飛彈，即使是具有機動力的F－15J或F－4EJ改，也無法避免。

訓練是以一對複數的戰鬥機同志的模擬空中格鬥戰進行訓練。並沒有進行閃躲對空飛彈飽和攻擊的訓練。

上一次的戰鬥，就已經知道了飛彈集中攻擊的可怕，這次的敵機編隊，必定也是採用同樣的戰術。

戰鬥機的機數比爲四比一强，如果以飛彈來換算，每架至少會遭遇四枚飛彈。

一旦發生混戰，鬼怪和獵兔犬比J—6或J—7對戰都來得有利。

但是，在接近戰鬥前，如果敵人飛彈擊落了我方的飛機，飛機駕駛減少，即使是舊式的噴射戰鬥機，只要數目較多的一方，在空戰上，就會居於有利的地位。

「距離一百公里。ECM準備。」

AWACS的管制官告知。

視線外射程的空戰已經開始了。

一直陪伴到中途的電子戰支援機EC—1，在射程外後方盤旋待機，準備電子戰。

EC—1是將國產的噴射中型運輸機C—1改良，當成電子戰專用機，具有警戒監視雷達或對空飛彈雷達等的電子妨礙工作ECM的能力。

可以擾亂敵人的偵測雷達或火器管理的雷達，是值得依賴的同志。

牧野二佐按下無線按鈕，解除無線封止。

「A、B編隊，改用第三頻道。」

無線周波數改爲頻道三，部下們陸續回答已經改變了頻道。

武器按鈕選擇的是中距離飛彈麻雀飛彈。

雷達進入長距離偵測，尚在射程外。AIM—7麻雀—M的射程是四十五公里。

『距離八十公里，捕捉敵機編隊。』

聽到川上二尉的聲音，牧野看著雷達銀幕。雷達銀幕映出了敵機編隊的身影。牧野仔細詢問川上二尉。

「IFF（敵我識別）？」

『没有回答，一定是敵機。』

『紅色戴維斯，開始與第三目標群交戰。』

聽到AWACS通信員告知。紅色戴維斯是指美國航空隊的第二三二海軍戰鬥攻擊飛行隊。

RWR（雷達警戒接受裝置）發出了高亢的電子警戒音，感受到敵機的偵測雷達正在偵測。

『十二時下方，距離六十。』

川上二尉告知威脅情報，來自正下方敵機編隊的威脅電磁波。

「現在散開。」

牧野命令部下們暫時解散密集隊形的編隊，散開。

10

牧野看著HUD，偵測雷達捕捉到敵機的編隊，敵人一定也拚命的想用雷達捕捉自己。

高度三萬二千，馬赫二。

蒼穹在天空擴展開來。

與敵人編隊距離五十公里。

「ECM開始。」

聽到AWACS的通信員告知。電子戰支援機EC—1，已經開始釋放出干擾電波，加以干擾。釋放出與敵機所使用的雷達電磁波相同周波數的電波來加以干擾。

拉起操縱桿，急速上升，再反轉，急速下降，繼而保持水平飛行。這種方法能夠逃避敵人的雷達的捕捉。另外二號機也一直跟著自己。

「距離四十五，進入射程內。」

川上二尉告知。牧野對著麥克風説道。

『戰鬥開始。』

HUD上，進入射程內的燈亮起，表示目標已經進入麻雀飛彈的射程距離內。雷達同時也捕捉到兩架飛機的目標。

『鎖定！』

川上二尉叫道。

「發射！」

牧野毫不猶豫的按下操縱桿上的飛彈發射按鈕。從翼下，有二枚麻雀飛彈脫離。火箭立刻點火，冒出白煙，兩個彈體飛翔而去。

牧野稍微拉起操縱桿，讓機身反轉，雷達波持續照射目標。麻雀爲半自動雷達誘導飛彈，所以必須捕捉敵機所籠罩的雷達波，才能朝向目標前進。

聽到令人不愉快的電子聲，這是飛彈接近警報裝置，感應到了敵機火器管制雷達波。

『複數飛彈接近！一時下方與十二時正面。』

川上二尉大聲叫著，敵機也發射中程飛彈。

「ＥＣＭ！」

牧野對著麥克風叫著。輪到電子戰支援機出場。

目標還在射程內。

川上二尉告知，牧野按下發射按鈕。

從翼下再次有二枚麻雀飛彈冒出白煙，朝前方衝去。

看著武器儀表板，麻雀飛彈殘量爲零，變成自動短射程飛彈攻擊方式。

『雷達鎖定！』

『飛彈接近，距離十。』

拉起操縱桿，按下油門，點燃助燃器。

機身開始快速上升，但是機頭的角度不能過度朝上，因爲會使得照射雷達脱離敵機外。

『命中！擊毀一架。』

川上二尉叫著。看到敵機從正面的雲間，冒著白煙往下落，幾乎在同時，也看到敵人飛彈彈體從正面接近。瞬間切斷助燃器，將機身反轉，發射鋁箔彈。

黑色彈體霎時掠過機翼。

背後響起了爆炸聲，另外一枚命中鋁箔雲爆炸。

牧野在HUD上找尋敵機，雷達映出敵機的機影。

「接近戰！」

牧野大吼著。接近格鬥戰已經開始了。

列機也發咔嘰咔嘰的回答聲。周圍的空域，被擊毀的機身所冒出的黑煙染黑了。

『前方敵機！』

與敵機的距離只有五公里，輪到短射程飛彈90式空對空誘導彈出場。

90式誘導彈是國產AAM，射程五百公尺到五公里，爲自動雷達誘導方式。其性能比響尾蛇飛彈更優越。

『十一時下方，敵機。』

聽到聲音，趕緊看過去。J―7的機影反轉，想要繞到後方攻擊，但是在其後方還有另外一架J―7。

『雷達鎖定！』

聽到川上二尉的聲音，聽到嘰嘰嘰的電子聲，90式誘導彈偵測器，捕捉到敵機的電子聲。

「發射！」

牧野按下操縱桿的飛彈發射鈕，從翼端陸續有二枚90式誘導彈冒出白煙，朝著目標前進。

敵機背後有幾個鋁箔彈閃耀光輝，敵人拚命想要閃躲飛彈。90式誘導彈可不會被鋁箔彈欺瞞，巧妙反轉，吸入敵機中。

白光閃爍，敵機的機身朝四面八方飛散。

「飛彈接近！四時下方。」

川上大叫著。

間不容髮之際，按下操縱桿，急速下降，同時反轉，打出鋁箔彈，再急速上升，在空中反轉。

看到敵人的飛彈衝入鋁箔彈中爆炸。

11

天色已經大亮，原先下的小雨已經停止，海上卻是一片雨霞。

在細雨中，航空母艦「大連」全速航行。現在從跳躍跳台型甲板短暫助跑之後，垂直離陸戰鬥機Ｙａｋ—38改離陸了。充滿力量的引擎聲，震動艦橋的防彈玻璃。

中國海軍北海艦隊第一航空母艦戰鬥群司令莊海軍少將，站在航空母艦「大連」的艦橋，凝視著垂直離陸的Ｙａｋ—38改的行動。出發的戰鬥機，目標朝向低垂的雲間，急速上升。要與在上空待機的僚機會合前行。

航空母艦「大連」及距離十公里遠輕型航空母艦「旅順」，陸續看到垂直離陸戰鬥機出發。

莊司令用望遠鏡看著兩艘航空母艦「大連」和「旅順」中間的情況。以及看看周圍排成圓形陣形航行的飛彈驅逐艦的艦影。

航空母艦「大連」是發動所有中國技術陣營建造真正的大連級航空母艦的第一艘。而同級的二號艦航空母艦「北京」，已經秘密的在青島的造船廠建造中。

航空母艦「大連」的模型是前蘇聯海軍的航空母艦亞德米拉爾・克茲尼綽夫（滿載排水量六萬五千噸），其建造成本非常昂貴，因而將船體小型化，將滿載的排水量減半，同時飛行甲板也變成跳躍跳台型的全通型甲板。

因此，變成了比英國的英賓西布爾級輕型航空母艦外觀十分類似的船體。

航空母艦「大連」的滿載排水量爲二萬九千噸，比滿載排水量一萬九千五百噸的英賓西布爾級輕型航空母艦多了一萬噸。

飛行甲板長二百二十公尺，其前端有十二度的斜坡。引擎主機是最新的氣體渦輪四座（軸出力九萬ＨＰ），運轉二軸。搭載機數是Ｖ／ＳＴＯＬ（垂直短距離離陸機）二十四架和對潛直升機四架。

通常，滿載排水量三萬噸以下的航空母艦，船內的收藏空間非常的小，所以無法像美國海軍的滿載排水量六萬噸以上的大型航空母艦一樣，搭載固定翼機八十架、直升機六架。

其實固定翼機若是像Yak—38的V/STOL等飛機，只要藉著少許的滑行和垂直上升，就能離陸，那麼，便不需要有大型航空母艦起降所需的裝備或長的飛行甲板。搭載這種V/STOL機的艦種，通稱爲輕型航空母艦。

可是中國海軍則將「大連」稱爲航空母艦，而伴隨的小型航空母艦「旅順」，稱爲輕型航空母艦。

小型航空母艦「旅順」，其外觀和英賓西布爾級輕型航空母艦完全一樣，是滿載排水量一萬三千噸的小型船體。搭載機數爲對潛直升機十六架。

飛行甲板長度一百七十公尺，寬十四公尺，與「大連」同樣的，在艦首甲板前端，有六度坡度的跳躍跳台型，包括甲板停機在內，可以搭載VTOL機十二架。但是不將「大連」航空母艦稱爲輕型航空母艦，其真正的理由在於搭載機。

「司令，亞克布雷夫戰鬥攻擊隊全機出發。」

飛行隊長繆上校報告。

「很好，讓戰鬥機隊全部出發。」

莊司令下達命令，同時從艦橋看著在上空飛翔的亞克布雷夫Ｙａｋ－38改的編隊。總計八架的編隊，在航空母艦上空，大幅度盤旋。

而輕型航空母艦「旅順」艦上，陸續垂直離陸的亞克布雷夫戰鬥機，也組成新的編隊，開始盤旋。

離開「旅順」的亞克布雷夫Ｙａｋ－38改的編隊，分爲各有六架的兩個編隊，開始飛行。

蜂鳴器響起，飛行甲板上的要員們，全都暫時離開。飛行隊長繆上校在艦橋上揮著手，笛聲響起。

在飛行甲板最尾端的甲板有兩處打開，升降梯從下面上來，各搭載一架戰鬥機。

這是殲擊11型（Ｊ－11）改及殲型11型Ⅱ（Ｊ－11Ⅱ）。

殲擊11型Ⅱ是蘇愷戰鬥機Ｓｕ－27ＳＫ。

超越同一代機，美國空軍的Ｆ－15Ｃ／Ｄ獵兔犬，號稱具有空中機動性的俄羅斯製最强最新銳的制空戰鬥機。蘇愷Ｓｕ－27具有短距離離陸的ＳＴＯＬ性，於是俄羅斯海軍當成航空母艦搭載機的機種。航空母艦「大連」當成模型的俄羅斯航空母艦「亞德米拉爾．克茲尼綽夫」，也搭載這種飛機。

中國從俄羅斯秘密的購買了一百架的Ｓｕ－27Ｄ，當成航空母艦艦載機，秘密進行訓練。

航空母艦「大連」搭載了十二架殲擊11型Ⅱ，因此稱爲「航空母艦」。

蘇愷到達飛行甲板後，立刻響起引擎聲，離開了升降梯。機體背後的地面，被引擎所噴出的風暴震動。誘導員在機體前，彎下身子，手臂不斷旋轉，指向艦首的方向。

「出發，出發！」

艦橋的擴音器傳來命令。

蘇愷聽從指示，發出轟然巨響，爬上了跳躍跳台，維持機頭朝上的姿勢，從跳台朝海面飛出。莊司令驚訝的看著蘇愷。

蘇愷機體離開跳台後，彷彿要沉入海面似的，接著發出轟然巨響，朝著虛空衝去。莊司令鬆了一口氣。

「二號機出發。」

在間不容髮之際，二號機也開始了短暫的助跑，衝向跳躍跳台，發出轟然巨響，火焰從排氣孔冒出，自跳台飛出。

機體暫時被跳台遮住，後來也朝向空中飛去。

「殲擊11型Ⅱ離陸，讓我心臟都不好了。」

莊司令向旁邊的艦長袁海軍上校說道。袁艦長點點頭，笑著說：

「的確如此。第一次離陸時，有兩架殲擊機衝入海中，遭遇失敗。但是從失敗中記取教訓，他們現在已經學會了如何離陸。」

接著升降機搭載的後續的殲擊11型Ⅱ，陸陸續續出現，而先前出現的殲擊11型Ⅱ，一口氣爬上短的飛行甲板，朝空中飛去。

「司令，與敵人的艦隊距離一百海里。」

通話員大聲告知，傳達來自戰鬥情報管制室的報告。

「空軍攻擊，從對於琉球空域的突擊開始。開始與美日空軍交戰。」

袁艦長不知該怎麼做，回頭看著莊司令。莊司令則看著在他背後的第一航空母艦戰鬥群參謀長崔海軍上校。崔上校往前踏出一步。

「司令。」

莊司令點頭。

「通信員，旗艦『大連』航空母艦戰鬥群司令，對全艦發出密碼電報。風從東面吹，風從東面吹！」

通信員複誦密碼。

艦橋瀰漫緊張的氣氛，袁艦長複誦密碼文。副艦長按下蜂鳴器的按鈕。

「全員就戰鬥位置。」

「開始對水上艦戰鬥。」

「準備發射對艦誘導彈。」

各種號令在艦橋響起，要員們慌慌張張的開始行動。

戰鬥喇叭透過擴音器傳出。

莊司令看著發出轟然巨響出發的殲擊11型Ⅱ，最後一架也從跳台離陸。

莊司令鬆了一口氣，看著袁艦長，命令通信員。

「命令全艦，航路變更爲一二〇，全速前進。」

通信員複誦。

方位一二〇是琉球本島的方向，在那兒有敵人日本艦隊。

「通令全艦，航路變更爲一二〇，全速前進。」

袁艦長命令操舵員，操舵員複誦，轉著舵輪。

莊司令很滿意的抬頭看著上面的編隊，繼而臉轉向崔參謀長。

「參謀長同志，向核子潛艇『海虎』拍電報，說明開始攻擊。」

「向海虎拍電報，開始攻擊。」

崔參謀長漲紅著臉回答，命令通信員。

12

鳥島海域

艦橋瀰漫緊張的氣氛。國松艦長重新詢問CIC室。

「什麼？探測到潛水艇？」

『「濱風」探測到潛水艇。』

CIC室告知。

「潛水艇在何處？」

『方位〇二六，距離二十公里，深度二百五十公尺，對敵我識別信號沒有反應。音紋解析結果，發現是漢級攻擊型核子潛艇第四號。』

國松艦長吞了口水。

「濱風」在圓形陣形的二時位置。中國航空母艦艦隊不光只是展現水上戰鬥艦護衛行動而已，在航空母艦周邊某處，以一般常識了解，會潛藏著潛水艇，在海中進行護衛，而且應該不只一艘，應該有數艘進行作戰行動。

另一方面，我方的第一潛水隊群的潛水艇，也有幾艘在中國艦隊周邊秘密潛行，進行對潛水艇作戰。但他們都不知道是自己的護衛艦潛藏在某處。

『「濱風」和「山雪」，開始進行對潛水艇搜索作戰。』

CIC室告知。派遣對潛直升機，同時確定潛水艇的位置，進行反魚雷攻擊。

「聲納無反應嗎？」

白井副艦長詢問聲納室。在周邊海域也可能潛藏著敵人的潛水艇，如果真是如此，那就麻煩了。

『聲納沒有反應。』

「繼續嚴密進行對潛警戒。」

對潛警戒絕對不能掉以輕心，一旦有所疏忽，不知道何時會遭受魚雷攻擊，十分危險。

聽到緊急警戒警報響起，艦橋充滿緊張的氣氛。

『捕捉到魚雷發射聲，二枚。還有接著二枚發射聲。』

CIC室的通信員以興奮的聲音說道。

「方位呢？」

『○二七。魚雷似乎朝向「濱風」和「山雪」發射。』

原來攻擊型核子潛艇發動了攻擊。

『「濱風」和「山雪」發射反潛火箭。』

CIC室告知。

「濱風」和「山雪」開始反擊了。

國松艦長看著白井一尉。「濱風」和「山雪」在潛水艇狩獵上，能夠發揮連美國海軍都讚不絕口的技能。在美日共同演習時，被他們捕捉到的美國核子潛艇，根本無法逃脫。

「艦長，敵人先發動攻擊囉！」

白井一尉臉部表情僵硬，國松艦長點點頭。

戰鬥將要開始了，看來將會拖很久。

「旗艦發令，準備對水上艦戰鬥、對艦飛彈戰鬥。」

通信員大聲告知，國松艦長叫著：

「好，下達命令，全員就戰鬥位置。」

「全員就戰鬥位置！」

白井副艦長複誦，按下按鈕，緊急警告在艦內響起，艦橋瀰漫著緊張的氣氛。

由於艦橋上非常興奮，艦內也一陣騷動。聽到要員通過通道的腳步聲，隔壁門也陸續被關了起來。

對艦飛彈魚叉飛彈的垂直發射台VLS啓動，準備發射。對空要員進行鋁箔彈發射裝置，和二十釐米CIWS的檢查。

通信員大聲告知：

「艦長，來自旗艦的密碼電文。淺間下雨，淺間下雨。」

不必看密碼，副艦長白井一尉用力點點頭。

這是一乘寺司令，下定決心對中國艦隊攻擊的暗號。

國松艦長戴上鋼盔，綁緊救生衣。

『淺間下雨』是攻擊命令。通信員叫著。

「旗艦命令，轉換航路。三三〇，第三戰速。」

「右舵六〇，航路三三〇，提升爲第三戰速。」「右舵六〇，三三〇，第三戰速。」

操舵員複誦。國松艦長看著「春雨」的艦首乘風破浪往右轉的情景，感覺體內湧起一股武者的精神。

就在這一天，琉球戰爭的火苗終於點燃了。事實上，日本與中國進入了全面戰爭的局面。

（待續）

軍力比較資料

自衛隊

◎以下是中日戰爭爆發時的編制。

◎航空自衛隊

航空總隊

總隊司令部飛行隊（入間）
電子戰支援隊（入間）
YS—11E、EC—1
電子飛行測定隊　YS—11E
偵察飛行隊（百里）
第五〇一飛行隊
RF—4E、RF—4EJ
防空指揮隊（府中）
飛行教練隊（新田原）　F—15J
警戒航空隊
第六〇一飛行隊（三澤）　E—2C
第六〇二飛行隊（小松）
E767AWACS
程式管理隊（入間）
教導高射隊（濱松）
★北部航空方面隊（三澤）
北部航空警戒管制團（三澤）

第二航空團（千歲）
第二〇一飛行隊　F—15J
第二〇三飛行隊　F—15J
第三航空團（三澤）
第三飛行隊　F—2（F—1退役）
第八飛行隊
F—4EJ改良型（F—1退役）
第三高射群（千歲）
第六高射群（三澤）
北部航空設施隊（三澤）
第一基地防空群（千歲）
★中部航空方面隊（入間）
中部航空警戒管制團（入間）
第六航空團（小松）
第三〇三飛行隊　F—15J
第三〇五飛行隊　F—4EJ改良型
第七航空團（百里）
第二〇四飛行隊　F—15J
第三〇五飛行隊　F—15J

第一高射群（入間）
第四高射群（岐阜）
中部航空設施隊（入間）
硫黄島基地隊
各基地防空隊
★西部航空方面隊（春日）
西部航空警戒管制團（春日）
第五航空團（新田原）
第二〇二飛行隊 F—15J
第三〇一飛行隊 F—4EJ改良型
第八航空團（築城）
第三〇四飛行隊 F—15J
第六飛行隊 F—4EJ改良型（F—1退役）
第二高射群（春日）
西部航空設施隊（蘆屋）
西部航空司令部支援飛行隊（春日）
★西南航空混成團（那霸）
西南航空警戒管制團（那霸）
第八三航空隊
第三〇二飛行隊 F—4EJ改良型
西南支援飛行班 T—33、B—65

第五高射群（那霸）
西南航空設施隊（那霸）
★航空教育團（濱松）
第一航空團（濱松）
第三一教育飛行隊
第三二教育飛行隊
第四航空團
第二一教育飛行隊
第二二教育飛行隊
第十一飛行教育團（靜濱）
第十二飛行教育團（防府）
第十三飛行教育團（蘆屋）
航空教育隊（防府南、熊谷）
幹部候補生學校（奈良）其他
★航空支援集團（府中）
航空救難團（入間）千歲、那霸等各地
救難隊
其他隊
第一運輸航空隊（小松）
第四〇一飛行隊 C130H
第二運輸航空隊（入間）
第四〇二飛行隊 C—1、YS—11

第三運輸航空隊（美保）　C—1、YS—11
第四〇三飛行隊
航空保安管制群（入間）
第四一教育飛行隊　T—400
航空氣象群（府中）
飛行檢查隊（入間）
特別運輸航空隊（千歲）　B747
第七〇一飛行隊
★航空開發實驗集團（入間）
航空醫學實驗隊（立川）
電子開發實驗群（入間）
飛行開發實驗團（岐阜）

◎海上自衛隊

自衛艦隊（橫須賀）

護衛隊群（橫須賀）

★第一護衛隊群（橫須賀）
宙斯頓艦DD173「金剛」
第四六護衛隊（橫須賀）
DD153「夕霧」
DD154「雨霧」
第四八護衛隊（橫須賀）
DDG101「村雨」
DD155「濱霧」
DD157「騷霧」
第六一護衛隊（橫須賀）
DDH144「暗間」
DDG171「旗風」
補給艦
AOE421「性見」
第一二三航空隊
★第二護衛隊群（佐世保）
宙斯頓艦DD174「霧島」
第四四護衛隊（吳）
DD129「山雪」
DD130「松雪」
第四七護衛隊（佐世保）
DDG102「春雨」
DD156「瀨户霧」
DD158「海霧」
第六二護衛隊（佐世保）
DDH143「白根」

DDG172「島風」
補給艦
AOE423「常磐」
第一二二航空隊
★第三護衛隊群（舞鶴）
宙斯頓DD175「妙工」
第四二護衛隊（舞鶴）
DD128「春雪」
DD131「瀨户雪」
第四五護衛隊（佐世保）
DDG168「立風」
DD151「朝霧」
DD152「山霧」
第六三護衛隊（舞鶴）
DDH141「春名」
DDG169「朝風」
補給艦
AOE421「性見」
第一二三航空隊
★第四護衛隊群（吳）
宙斯頓DD176「潮解」

第四一護衛隊（大湊）
DD125「騷雪」
DD126「濱雪」
DD127「磯雪」
第四三護衛隊（橫須賀）
DD132「朝雪」
DD133「島雪」
第六四護衛隊（吳）
DDH142「稗井」
DDG170「騷風」
補給艦
AOE424「濱名」
第一二四航空隊

潛水艦隊（橫須賀）

☆第一潛水隊群（吳）
ASR402「不死身」潛水艦救難艦
ASU7018「朝雲」特務艦（護衛艦DD或真霧型3號艦，爲FARM）
ATSS8006「夕潮」練習潛水艦

★第一潛水隊
SS575「瀨户潮」
SS576「沖潮」
SS579「秋潮」
★第五潛水隊
SS583「春潮」
SS584「夏潮」
SS587「若潮」
★第六潛水隊
SS585「速潮」
SS586「荒潮」
SS588「冬潮」
☆第二潛水隊群（橫須賀）
AS405「千代田」潛水艦救難母艦
ASU7019「望月」特務艦（事實上是將護衛艦DD高月型2號艦「菊月」進行現代化改良，爲FARM艦）
★第二潛水隊
SS577「灘潮」
SS578「濱潮」
★第三潛水隊
SS589「朝潮」

★第四潛水隊
SS590「親潮」
SS580「竹潮」
SS581「雪潮」
SS582「幸潮」

掃海隊

★第一掃海隊群（吳）
MST462「早瀨」
第十四掃海隊（佐世保）
MSC656「藥島」
MSC657「鳴島」
MSC669「曾孫島」
第十六掃海隊（吳）
MSC662「濡島」
MSC663「枝島」
第十九掃海隊（吳）
MSC665「姬島」
MSC666「荻島」
MSC667「兩島」
第二三掃海隊（吳）

MSC676「組島」
MSC677「撒島」
MSC678「跳島」
★第二掃海隊群（橫須賀）
MST463「裡賀」（橫須賀）
MMC951「草屋」（橫須賀）
第二〇掃海隊（大湊）
MSC670「淡島」
MSC671「作島」
第二一掃海隊（橫須賀）
MSC674「月島」
MSC675「前島」
第二二掃海隊（橫須賀）
MSO301「八重山」
MSO302「通島」
MSO303「八疊」
第五一掃海隊（橫須賀）
☆開發指導隊群（橫須賀）
試驗艦ASE6101「栗濱」
試驗艦ASE6102「明日火」
☆第一運輸隊（橫須賀）

LST4151「見裡」
LST4152「牡鹿」
LST4153「薩摩」
LST4001「大隅」

地方隊

☆橫須賀地方隊（從岩手到三重）
第三三護衛隊
DE223「佳野」
DE224「熊野」
DE225「野寬」
第三七護衛隊
DD122「八雪」
DE220「千瀨户」
DE221「二代度」
第十掃海隊
MSC653「浮島」
MSC668「搖島」
小笠原分遣隊（父島）　特務艇85號AS
U85直轄艦

破冰艦AGB5002「白瀨」
運輸艦LST4101「厚見」
LCU2002「運輸艇2號」
☆佐世保地方隊（從山口經對馬海峽，從東
海到台灣海峽附近）
DDA164「高月」
第三九護衛隊
DE231「大代度」
DE232「先代」
DE234「户根」
伴隨海上保安部巡視船「幻怪」
第三四護衛隊
DE229「虻熊」
DE230「陣痛」
DE233「地熊」
第十一掃海隊（下關基地隊）
MSC650「二之島」
MSC651「宮島」
第十三掃海隊（琉球基地隊）
MSC654「大島」
MSC655「兄島」
直轄艦

LST4102「本武」
LCU2001「運輸艇1號」
佐世保地方隊大村飛行隊所屬對馬防備隊
西克爾斯基HSS—2B千鳥四架
☆舞鶴地方隊（負責連結秋田與島根的日本海
地區）
第二護衛隊
DD119「青雲」
DD120「秋雲」
DD121「夕雲」
第三一護衛隊
DE217「三熊」
DE219「岩瀨」
第十二掃海隊
MSC652「江之島」
MSC661「高島」
直轄艦
LSU4172「野户」
☆大湊地方隊（負責與俄羅斯相鄰的北方海
峽、宗谷海峽、津輕海峽的海上
監視）
第二三護衛隊
DD123「白雪」
DD124「峰雪」

第三五護衛隊
DE226「石雁」
DE227「夕玻璃」
DE228「夕別」
第十七掃海隊（函館基地隊）
MSC660「母島」
MSC664「神島」
大湊航空隊直升機
第一飛彈艇隊（餘市防備隊）
稚内基地分遣隊
直轄艦
LST4103「眠爐」
☆呉地方隊（從瀬户内海、和歌山到宮崎）
第二二護衛隊
DD118「村雲」
DD165「菊月」
第三八護衛隊
DE218「户勝」
DE222「手潮」
第一〇一掃海隊
負責内海淺海面的掃海工作
第十五掃海隊（阪神基地隊　迷你總監部的部隊）

MSC658「父島」
MSC659「鳥島」
第一港灣巡邏隊
巡邏艇25號PB925
26號PB926
27號PB927
呉警備隊　佐伯基地分遣隊：特務艇84號
ASU84
直轄艦
LSU4171「湯羅」
小松航空隊　從内海東方入口到紀伊水道
地區的港灣防備、對潛直升機部隊
☆練習艦隊（呉市）

航空集團

航空集團司令部（綾瀬市）
第一航空群（鹿屋市）
第二航空群（八户市）
第四航空群（綾瀬市）
第五航空群（那覇市）
第二一航空群（館山市）

第二二航空群（大村市）
第三一航空群（岩國市）
第五一航空隊（綾瀨市）
第六一航空隊（綾瀨市）
第一一一航空隊（岩國市）
航空管制隊（綾瀨市）
航空設施隊（八户市）
教育航空集團
教育航空集團司令部（千葉·沼南町）
下總教育航空群（同）
德島教育航空群（德島·松茂町）
小月教育航空群（下關市）
第二一一教育航空群（鹿屋市）

◎陸上自衛隊

北部方面隊
第二師團（普通科連隊三個、戰車連隊一個、特科連隊一個、後方支援連隊一個基幹）
第七師團　機甲師團　負責整個北海道的機動打擊任務　普通連隊一個、戰車連隊三個、特科連隊、高射特科連隊、偵察隊、設施大隊、通信大隊、飛行隊、後方支援連隊組成

第五旅團（帶廣）　偵察旅團　召集預備役加以增强，再編成第五師團
第十一旅團（真駒内）
東北方面隊
第六師團　支援青函區的第九師團、京濱地區的第一師團。機動性的支援全國
第九師團
東部方面隊
第一師團
第十二旅團（相馬原）　機動支援全國各地　空中機動旅團
第一空挺團（船橋）　普通科群（普通科中隊四個、重迫擊炮中隊）、對戰車隊一個、設施隊一個及其他
中部方面隊
第三師團
第十師團　支援京濱地區的第一師團、阪神地區的第三師團。機動支援全國
第十三旅團（海田市）　機動支援全國　海上機動旅團。
第二旅團（舊第二混合團·善通寺）機動支援全國　海上機動旅團（以普通科連隊一個基幹、特科大隊）

西部方面隊
第八師團（北熊本）　機動支援關門、對馬
海峽部、琉球及全國
第一旅團（舊第一混成團）　偵察

※備註　普通科連隊是本部管理中隊，由四個普通科中隊（通常）、重迫擊炮中隊、對戰車中隊編成。第二旅團是普通科連隊中加入了對戰車中隊。特科大隊則是由本部管理中隊、三個射擊中隊、高射中隊編成。

中國軍

◎以下是推測發生內戰時中國的戰力。

總兵力　正規軍約三二〇萬人
（其中包括徵兵一七五萬人、預備役召集兵八十萬人）
公安、武裝警察部隊約一百萬人
民兵部隊（非正規軍）約四千萬人
※還有地方上未經組織的武裝勞動士兵、武裝農民約一億人以上

←戰略飛彈戰力

司令部・北京（黨中央軍事委員會直轄）
戰略火箭部隊（第二砲兵部隊）　七萬人
飛彈基地：六
大陸間彈道飛彈（ＩＣＢＭ）　十七座（推測）

CS—4(DF—5) 四座
搭載MIRV(多目標彈頭)飛彈 十二座
中距離彈道飛彈(IRBM) 五十座

←陸軍

現役二八〇萬人(包括戰略火箭部隊、徵收兵一五〇萬人在內)
五大軍區二十省軍區三警備區(二大軍區減八省)
統合集團軍十七個(通常各軍由步兵師團三個、戰車旅團或戰車師團一個、砲兵旅團一個、高射砲旅團一個編成)

【戰鬥部隊】

步兵師團五三個(包括諸兵科聯合・機械化步兵師團二個在內)
預備步兵師團約三十個
新編成步兵師團約四十個
機甲師團七個
野戰砲兵師團五個
獨立機甲旅團一個
獨立野戰砲兵旅團四個
獨立高射砲旅團三個
獨立工兵連隊十個
緊急展開部隊大隊六個
航空隊・直升機大隊群四個
空挺部隊(要員隸屬空軍)軍團一個:
空挺師團三個

〔主要裝備〕

〈主力戰車〉 約六〇〇〇輛
T—34/85型戰車 二五〇〇輛
T—59型戰車 四四〇〇輛
T—69型戰車(T—59改良型) 一五〇輛
T—79型、T—80型、T—85型ⅡM 八〇〇輛以上
〈輕戰車〉 約一四〇〇輛
63型水陸兩用輕戰車 八〇〇輛
62型輕戰車 六〇〇輛
步兵戰鬥車 六〇〇輛
裝甲兵員運輸車 一八〇〇輛
牽引砲 九五〇〇門

自動砲　一三〇〇挺
多連發火箭發射機（包括牽引式、自動式在內）三一〇〇座
迫擊砲（包括牽引式、自動式在內）四萬門
高射砲　一萬門
地對空飛彈（包括自動式在內）七〇〇枚
直升機　五〇架
※其他、地對地飛彈M—9（CSS—6／DF—11，射程五〇〇公里）、M—11（CSS—7／DF，射程一二〇～一五〇公里）、對戰車誘導武器HJ—8（TOW米蘭型）、HJ—73（耐火箱型）、無反動砲、對戰車砲、火箭發射器等。

←海軍

現役二十六萬人（海軍隊二萬五千人、海軍航空隊二萬五千人、沿岸地區防衛隊二萬五千人）

〔編成三艦隊〕
航空母艦二艘（推測）、水上戰鬥艦艇四五七艘、潛水艦一百艘、機雷戰艦艇一五〇艘、兩用戰艦艇四二五艘、支援艦艇及其他一八〇艘、作戰飛機

〔北海艦隊〕
負責瀋陽、北京、濟南區。進行從韓國國境到連雲港的沿岸防衛及渤海與東海的海上防衛、監視。
基地：青島（司令部）、大連、葫蘆島、威海、長山。
部隊：潛水艦戰隊二個、航空母艦戰鬥群一個、護衛艦戰隊三個、機雷戰戰隊一個、兩用戰戰隊一個。
其他、渤海灣練習小艦隊。巡邏艦艇・沿岸戰鬥艦艇三百艘。
航空部隊／轟炸、戰鬥、攻擊各一個，合計三個師團。同時新設備二個航空連隊，組成航空母艦航空團。

第一航空母艦戰鬥群
由航空母艦「大連」與護衛艦戰隊互助合作

第二航空母艦戰鬥群
輕型航空母艦「旅順」與護衛艦戰隊互助合作
第一護衛艦戰隊　旗艦「延安」
第十一護衛隊
第三一護衛隊
第二護衛艦戰隊　旗艦「青島」
第十二護衛隊
第三二護衛隊
第三護衛艦戰隊　旗艦「成都」
第十三護衛隊
第四三護衛隊

〔東海艦隊〕
負責南京軍區。進行連雲港到東山的沿岸防衛，與台灣海峽及東海的海上防衛、監視。
基地：上海（司令部）、吳淞、定海、杭州。
部隊：潛水艦戰隊二個、護衛艦戰隊二個、機雷戰隊一個、兩用戰戰隊一個、巡邏艦艇、沿岸戰鬥艦艇二五〇艘。
海軍隊師團一個、沿岸地域防衛隊部隊。

航空部隊：轟炸、戰鬥、攻擊各一個，合計三個師團
第四護衛艦戰隊　旗艦「西安」
第二一護衛隊
第四二護衛隊
第五護衛艦戰隊　旗艦「瀋陽」
第二二護衛隊
第三三護衛隊

〔南海艦隊〕
負責廣州軍區。從東海到越南爲止之國境的沿岸防衛，與南海的海上防衛、監視。在南北戰爭爆發的同時，一部分的艦艇倒向華南共和國海軍，因此立刻改組，編成南海艦隊。
新基地：上海（臨時司令部）、杭州（臨時）、福州。
新部隊：潛水艦戰隊二個、護衛艦戰隊一個、巡邏艦艇・沿岸戰鬥艦艇一百艘。
航空部隊：轟炸、戰鬥、攻擊各一個，總計三個師團
新第六護衛艦戰隊　新旗艦「南京」
第二三護衛隊

第四─護衛隊

〔艦艇、裝備〕

〈潛水艦〉　一〇〇艘

戰略核子潛水艦（漢級）　一艘

戰術潛水艦　攻擊型核子潛艇　五艘

非彈道飛彈普通型　二艘

普通攻擊型　九二艘

※但是現在一百艘當中，五十艘太過老舊，無法運用。中國預定從俄羅斯購買柴油推進潛水艦SSK總數二二艘，其中十艘似乎已經進口了。

〈主要水上戰鬥艦〉　七〇艘

攻擊型航空母艦（輕航空母艦）　二艘

飛彈驅逐艦　二二艘

飛彈護衛艦　四四艘

護衛艦　二艘

〈巡邏艦艇、沿岸戰鬥艦艇〉　三八七艘

飛彈艇　二一七艘

魚雷艇　一六〇艘

〈機雷戰艦艇〉　一二〇艘

〈兩用戰艦艇〉　四二五艘

戰車登陸艦　二〇艘

中型登陸艦　三五艘

多用途登陸艇（舟艇）　三二〇艘

戰車登陸艇　一〇艘

兵員登陸艇　四〇艘

〈支援艦艇、其他〉　一七〇艘

運輸艦　四〇艘

洋上給油艦　三五艘

潛水艦支援艦　一〇艘

其他　九五艘

◎沿岸地區防衛隊

獨立砲兵連隊與地對艦飛彈連隊　三五個

◎海兵隊（海軍步兵）　師團一個

預備役：動員時，師團八個（步兵連隊二四個、戰車連隊八個、砲兵連隊八個）、獨立戰車連隊二個。

裝備：主力戰車T─59型戰車、輕戰車、裝甲兵員運輸車、多連發火箭發射器

〔航空兵部〕 約六六〇架
殲擊5（J—5） 約五〇〇架
殲擊6（J—6） 約二〇〇架
殲擊7（J—7） 約八〇〇架
J—8Ⅱ（防空專用，接受空軍防空指揮所的指令） 約六〇〇架
强擊5Q—5 約四〇〇架
輕型轟炸機H—5 約八〇〇架
中型轟炸機H—6（搬運核武器） 約七〇〇架
※改造成可以搬運C—601/801空對艦飛彈的對艦攻擊機
國産飛行艇哈爾濱水轟5型（SH—5） 七架
直升機Be—6梅爾對潛飛行艦 一〇〇架
垂直離陸戰鬥機Yak—38 約五〇架

←空軍

現役 三三萬人（包括戰略部隊、防空人員徵收兵）

作戰機約四八〇〇架

五空軍區（相當於陸軍的大軍區）

總司令部：北京

航空師團爲五軍區（北京、濟南、蘭州、南京、成都，二軍區分離獨立），合計三六個

轟炸機師團爲七〇架至九〇架，戰鬥機師團爲七〇架至一二四架編成。

戰鬥部隊：航空師團 二一個

一個航空師團由三個航空連隊組成。三個連隊中，一個是普通攻擊機連隊。

一個連有三至四個飛行隊（中隊）所組成。

一個飛行隊由三個飛行小隊所組成。一個飛行小隊由戰鬥機部隊四架，及運輸機、轟炸機三架組成。各航空師團配備一個整備部隊、運輸機、練習機。

海軍每艦隊都有航空兵部，各有一個轟炸戰鬥機，攻擊各航空師團。

（3艦隊×3航空師團＝9個）

〔轟炸機師團〕

〈轟炸機〉 約四〇〇架

中型轟炸機·轟炸6、轟炸6改良型 約六〇架

輕型轟炸機·轟炸5 約三〇〇架

Tu—4 約四〇架

〈對地攻擊戰鬥機〉 約三四〇架

强擊5(Q—5/J6改良型) 約七〇架

强擊5改良型(Q—5Ⅲ) 約二七〇架

〈Q—5改良型的內容〉

Q—5的衍生型·輸出型A—5(以MiG—19爲基礎，獨自開發)

Q—5 搭載核子彈頭型

Q—5Ⅰ 增加武器搭載量，擴大增設燃料搭載空間，提升引擎力量，射出座位的更新及改良

Q—5ⅠA 全方位警戒裝置的裝備，加壓給油系統等的改良型

Q—5Ⅲ 提升引擎的力量 輸出型的A—5C爲這一型

A—5M 與義大利的亞雷里亞共同開發，更新電子機器，增加主翼下的心點。機頭前端有的是黑色電波透過材的雷達天線罩

〈戰鬥轟炸機〉

殲轟7(JH—7/H—7轟炸機) 約六五架

〔戰鬥機師團〕

〈戰鬥機〉 約二八〇〇架

殲擊5(J—5/MiG—17，多爲偵察用) 約二〇〇架

殲擊6(J—6/殲擊6改良等、MiG—19) 約二三四〇架

殲擊7(J—17Ⅱ、Ⅲ/Ⅲ相當於MiG—21MF) 約二八〇架

殲擊8(J—8/國產J—7大型雙發化型) 約六〇架

殲擊8Ⅱ(J—8Ⅱ/改良型) 約四〇〇架

殲擊9（J－9／IAI以RABBI為基礎嘗試開發）	一二架
殲擊10（J－10／J－9的增產型）	三〇架
Su－27P直率（J－11）	四六架
Su－27SK（J－11Ⅱ）	六二架
MiG－31獵狐	二四架
FC－1（計畫名）	數架
〈偵察機〉	二六六架
偵察型轟偵5型（HZ－5／H－5的衍生型）	約三〇架
偵察型殲偵6型（JZ－6／J－6的衍生型）	約七〇架
偵察型JZ－7	九架
運輸機	五〇〇架
直升機	三三〇架
〈練習機及其他〉	約一〇〇〇架
殲教二型JJ－2／MiG－15UTI	
練習機	約二〇〇架
其他	約八〇〇架
◎防空師團	九個
◎高射砲	九〇〇〇門
◎獨立防空連隊	十六個
◎地對空飛彈部隊	六〇個
◎準軍隊　人民武裝警察（國防部）	一二〇萬人

台灣南北軍戰力比較

◎以下是台灣內戰爆發時的戰力推測。

【台灣北軍（國共合作派革命政府軍）】

總兵力：現役五萬人　預備役五萬人

⬅陸軍

首都警備師團司令部	
台北軍管區司令部	
戰鬥部隊	
機械化步兵師團	一個
步兵師團（首都警備師團）	一個
步兵師團	一個
獨立機甲旅團	一個
地對空群	一個
：地對空飛彈大隊	二個

〔主要裝備〕

〈主力戰車〉	一二〇輛
M—48A5	四〇輛
M—48H	八〇輛
〈輕戰車〉	二〇〇輛
M—24	四〇輛
M41／64型	一六〇輛
裝甲步兵戰鬥車M113	三五輛
〈裝甲兵員運輸車〉	一二〇輛
M113	一〇〇輛
V—150突擊車	二〇輛

牽引砲	六〇門
自動砲	十二門
對戰車誘導武器TOW	二〇〇座
無反動砲	二〇〇門
高射砲	五〇門
〈地對空飛彈〉	
奈基Ⅱ型	二四枚
霍克	三〇枚
天弓Ⅰ、Ⅱ	二〇枚
・愛國者飛彈中隊一個	一組
〈直升機〉	二三架
UH—1H	二〇架
CH—47	三架

⬅海軍

基隆・司令部

水上戰鬥艦艇	
驅逐艦	四艘
護衛艦	二艘
巡邏艦艇	
飛彈艇	十二艘
沿岸警備艇	數十艘

⬅空軍

台北・松山基地空軍司令部

戰鬥機F—104G	二八架
戰鬥機F—5EⅡ老虎	十二架
運輸機	二〇架

※但是大半的飛行員都拒絕駕駛飛機

【台灣（中華民國）政府軍（南軍）】

總兵力：現役三七萬五千人

預備役：陸軍一五〇萬人、海軍三萬二千五百人、空軍九萬人、海兵隊三萬五千人

◆陸軍

二十八萬九千人（包括軍事警察在内）

三軍區司令部。一空挺特殊司令部

戰鬥部隊

步兵師團　八個

機械化步兵師團　一個

空挺旅團　二個

獨立機甲旅團　五個

戰車群　一個

地對空飛彈群　二個

：地對空飛彈　五個

飛行群　二個

：飛行隊　六個

預備輕步兵師團　七個

〔配備狀況〕

金門島　步兵師團三個、戰車群一個

馬祖島　步兵師團一個

台灣中南部防衛　機械化師團一個、步兵師團四個、獨立機甲旅團五個、空挺旅團二個、預備輕步兵師團七個、航空大隊二個、海兵師團二個。

〔主要裝備〕

〈主力戰車〉　四五〇輛

M—48A5　三〇〇輛
M—48H　四〇〇輛
M—60A　二〇〇輛
〈輕戰車〉　七〇五輛
M—24　一九〇輛
M—41/64型　五一五輛
裝甲步兵戰鬥車M113　一九〇輛
〈裝甲兵員運輸車〉　八三〇輛
M113　五五〇輛
V—150突擊兵　二八〇輛
牽引砲　一〇〇〇門
自動砲　三〇〇三門
對戰車誘導武器TOW　八〇〇座
無反動砲　四八〇門
高射砲(包括自動式)　三五〇門
〈地對空飛彈〉
奈基Ⅱ型　三六枚
霍克　七〇枚
天弓Ⅰ、Ⅱ　三四枚
愛國者飛彈中隊二個　二組
※其他、多連發火箭發射器、迫擊砲等備有多數

〔航空〕
固定翼機O—1　一〇架
〈直升機〉　一七七架
菲爾AH—1W超級眼鏡蛇　四二架
觀測直升機OH—58D基俄瓦　二六架
UH—1H　九二架
CH—47　五架
KH—4　十二架

←海軍

現役六萬八千人(包括海兵隊三萬人在內)
三海軍區
基地:左營(司令部)、馬公。基隆(落入北軍之手)
主要軍港　台中、馬公、金門、馬祖、左營、花蓮
主力艦隊
〔驅逐艦隊〕
〈第一二四艦隊(左營)〉
第一護衛戰隊

第二護衛戰隊
成功級護衛艦
「成功」「鄭和」「繼光」「岳飛」等七艘

〈第一四六艦隊（馬公）〉
第三護衛戰隊
第四護衛戰隊
武進三號改造艦朝陽級九艘「建陽」「安陽」「昆陽」「遼陽」「德陽」「綏陽」「雲陽」「正陽」「邵陽」

〈護衛艦（巡防）艦隊〉
舊第一三一艦隊（基隆）
第五護衛戰隊　「富陽」等老朽驅逐艦
第六護衛戰隊　「萊陽」等驅逐艦，被北軍接收

〈新第一三一艦隊（因爲北軍佔領基隆，因此司令部轉移到左營）〉
新第五護衛戰隊
新第六護衛戰隊
康定級最新護衛戰隊
「康定」「西寧」「昆明」「迪化」「武昌」「成都」等六艘編成

〈第一六八艦隊（蘇澳）〉
第七護衛戰隊　又名「第七艦隊」
第八護衛戰隊
由美國諾克斯級（濟陽級）護衛艦六艘所編成「濟陽」「鳳陽」「汾陽」「蘭陽」「海陽」「准陽」

〔艦艇、裝備〕

潛水艦（普通型）	四艘
《水上戰鬥艦艇》	四五艘
飛彈驅逐艦	七艘
驅逐艦	十五艘
飛彈護衛艦	六艘
護衛艦	十七艘
〈巡邏艦艇、沿岸戰鬥艦艇〉	一〇一艘
飛彈艇	五二艘
掃海艇	四艘
內海巡邏艇	四五艘
機雷戰艦艇	十三艘
兩用戰艦艇	二一艘

〈兩用戰指揮艦〉 一艘
戰車登陸艦 十四艘
登陸艦 六艘
舟艇（多用途登陸艇） 四〇〇艘
〈支援艦、其他船艦〉 十九艘
戰鬥支援艦 一艘
運輸艦 六艘
支援給油艦 三艘
其他 九艘
◎沿岸防衛
地對艦沿岸防衛飛彈大隊一個
◎海軍航空隊
海上巡邏飛行隊 一個
直升機飛行隊 一個
作戰機 三二架
武裝直升機 二二架
◎海兵隊 三萬人
海兵師團二個及支援部隊

←空軍

七萬二千人
作戰機 七三八架
戰鬥部隊：戰鬥航空團五個飛行隊（中隊） 二〇個
航空連隊／大隊（航空團）之下，有三至四個中隊（飛行隊）
對地攻擊戰鬥：戰鬥飛行隊十四個
〈戰鬥機〉 約六一〇架
F－5E老虎Ⅱ戰鬥機 一七〇架
同F－5F複座戰鬥機 八〇架
F－104G戰鬥明星 一一二架
IDF經國（最後編成一三〇架）
七〇架
F－16A／B 二四〇架
幻象2000－5 三〇架
AT－3輕攻擊機 約二〇架
T－38A練習機 約二〇架
T－34C基本練習機 約四〇架
AT－3A高等練習機 約四〇架

TF—104G練習機　四架
偵察：飛行隊一個　一〇架
RF—104G　六架
諾斯洛普突擊E—2T鷹眼　四架
搜索救難：飛行隊1個
S—70　十四架
運輸：飛行隊八個　六八架
固定翼機　四八架
直升機　二〇架
其他練習機　一二二架

〔配置狀況〕

新竹基地　F—104G戰鬥機三個中隊、經國戰鬥機一個中隊
清泉崗基地　F—5E戰鬥機三個中隊、F—104G戰鬥機三個中隊
嘉義基地　F—5E戰鬥機三個中隊、經國戰鬥機三個中隊
台南基地　F—5E戰鬥機三個中隊、F—104G戰鬥機三個中隊、運輸飛行隊二個
台東基地　F—16A／B戰鬥機三個中隊、F—5E戰鬥機三個中隊
屏東基地　F—104G戰鬥機三個中隊、運輸飛行隊四個
花蓮基地　幻象2000—5型戰鬥機三個中隊、經國戰鬥機三個中隊
（註：台灣北部的松山基地與桃園基地落入北軍之手）

〔準軍隊〕

治安機關　二萬五〇〇〇人
海上警察　一〇〇〇〇人
海關　六五〇〇人

華南共和國

陸軍

總兵力 約八一萬五千人
現役 十四萬五千人
公安部隊・武裝警察隊 七萬人
預備役召集兵 二十萬人
徵集兵 四十萬人

集團軍三個

第四二軍（廣東省廣州）
機械化步兵二個、自動車化師團二個、自動車化步兵旅團二個、防空師團一個、砲兵師團一個、武裝直升機大隊一個

第三一軍（福建省）
機甲旅團一個、自動車化師團一個、輕步兵師團二個、砲兵師團一個

第四一軍（廣西省柳州）
自動車化步兵二個、自動車化旅團一個、輕步兵師團一個、輕步兵旅團一個、砲兵師團一個

新編成野戰軍（由各軍輕步兵師團或輕步兵旅團三個編成）

新第一軍 自動車化步兵旅團二個、輕步兵師團一個
新第二軍 自動車化旅團二個、輕步兵師團一個
新第三軍 自動車化旅團二個、輕步兵師團一個
新第四軍 自動車化旅團一個、輕步兵旅團二個
新第五軍 輕步兵旅團三個
新第六軍 輕步兵師團二個、輕步兵旅團一個
新第八軍 輕步兵師團三個編成中
新第九軍 輕步兵師團三個編成中
新第十軍 輕步兵師團三個編成中

武裝警察軍（一部分自動車化、輕步兵的警備師團）
武裝警察第75師團
武裝警察第76師團
武裝警察第77師團
（內容）
機甲旅團一個（戰車三二二輛）
機械化步兵師團一個（戰車一二二輛、步兵戰鬥車・裝甲兵員運輸車一二五輛）
自動車化步兵師團五個（戰車・輕型戰車一二〇輛×五個＝六〇〇輛）
自動車化步兵旅團十個（由預備役召集新編成，用來支援台灣軍）
輕步兵師團八個（包括預備役召集輕步兵師團四個在內）
輕步兵旅團七個（由預備役召集編成）
武裝警察師團三個
新輕步兵師團九個（由徵集兵新編成，訓練中）
砲兵師團三個（新編成一個）
防空師團一個

〔主要裝備〕

主力戰車	約九〇〇輛
T－34／85型戰車	二〇〇輛
T－59型戰車	七〇〇輛
輕型戰車	約二〇〇輛
63型水陸兩用輕型戰車	一〇〇輛
62型輕型戰車	一〇〇輛
步兵戰鬥車（五〇輛是來自台灣的援助）	約一五〇輛
裝甲兵員運輸車（二〇〇輛是來自台灣的援助）	約六〇〇輛
牽引砲（五〇〇門是來自台灣的援助）	約二五〇〇門
自動砲	約三〇〇輛
多連發火箭發射機	約四〇〇座
迫擊砲（五〇〇門是來自台灣的援助）	約七五〇〇門
高射砲	約二〇〇〇座
地對空飛彈	約一〇〇座
直升機	約四〇架

（其它）

預備陸軍兵力 二〇〇萬人
民兵游擊兵

◀華南空軍（舊廣州空軍）

兵力 六萬人（包括防空要員、徵集兵在內）

作戰機 約八〇〇架
航空師團 六個
轟炸機師團二個（六個飛行連隊）
轟炸機 一七一架
中型轟炸・轟炸6（H—6）、轟炸六改 三六架
輕型轟炸・轟炸5（H—5） 六三架
對地攻擊戰鬥機
強擊5（Q—5） 三六架
強擊5改（Q—5Ⅲ） 二七架
戰鬥轟炸機
殲轟7（JH—7） 九架
戰鬥機師團 四個（十二個飛行連隊） 四一四架

戰鬥機
殲擊5（J—5） 九〇架
殲擊6（J—6） 二三二架
殲擊7（J—7） 八〇架
殲擊8（J—8）、殲擊8Ⅱ 十二架
偵察機 三四架
偵察型轟偵5型（HZ—5） 十四架
偵察型轟偵6型（HZ—6） 十八架
偵察型JZ—7 二架
運輸機 一〇〇架
直升機 七〇架
練習機及其它 一二〇架
防空師團 三個
高射砲 三〇〇〇門
獨立防空連線 六個
地對空飛彈部隊 二〇個

海軍（舊南海艦隊主力）

現役　四萬五千人（包括海兵隊八千人、徵集兵五千人在內）

湛江（司令部）、汕頭、廣州、榆林、西沙群島、南沙群島的前進基地

華南共和國艦隊

護衛艦戰隊　旗艦「廣州」（舊重慶）

第一護衛戰隊	驅逐艦三艘
第二護衛戰隊	護衛艦四艘
機雷戰隊	一個
機雷敷設艦	十七艘
機雷對策艦艇	三〇艘
兩用戰隊	一個
中型登陸艦	約一〇艘
多用途登陸艦	約三〇艘
沿岸防衛戰隊	三個
飛彈艇	約七〇艘
魚雷艇	約三〇艘
巡邏艇	約二〇〇艘
海兵旅團一個	約八千人

海軍航空部隊

海軍轟炸機師	一個
轟炸6（H－6）	一〇架
海軍攻擊機師團	一個
强擊5（Q－5）	三八架
海軍戰鬥機師團	一個
殲擊5（J－5）	五〇架
殲擊6（J－6）	六〇架
殲擊7（J－7）	一〇〇架
殲擊8（J－8）	十二架

滿洲共和國

戰略飛彈戰力

司令部・瀋陽（滿洲共和國空軍司令部）

戰略火箭部隊　一萬人

飛彈基地：二

大陸彈道飛彈（ＩＣＢＭ）三座

搭載ＭＩＲＶ（多目標彈道）飛彈　四座

中距離彈道飛彈（ＩＲＢＭ）一〇座

陸軍

總兵力　約八三萬五千人

現役　約二三萬五千人

預備役召集兵　約二〇萬人

人民武裝警察隊　約一〇萬人

新規徵兵　約三〇萬人

集團軍五個

第39軍（遼寧省營口）

機甲師團一個、機械化步兵師團一個、自動車化步兵師團二個、砲兵師團一個、武裝直升機大隊一個

第40軍（遼寧省錦州）

獨立機甲旅團一個、機械化師團一個、自動車化一個、輕步兵師團一個、預備役輕步兵師團一個、砲兵旅團一個

第64軍（遼寧省本溪）

自動車化師團一個、輕步兵師團二個、預備役輕步兵師團一個

第16軍（吉林省長春）

機械化師團一個、自動車化一個、輕步兵師團一個、預備役輕步兵師團一個

第23軍（黑龍江省哈爾濱／大口徑火砲集中配備）

機甲師團一個、自動車化二個、輕步兵師團一個、預備役輕步兵旅團一個

人民武裝警察軍

武裝警察師團五個

新編成野戰軍（由各軍輕步兵師團三至四個編成）

第一野戰軍　預備役師團二個、預備役旅團一個編成，實戰配置

第二野戰軍　預備役師團一個、新師團二個　一部分已編成正在訓練中

第三野戰軍　預備役師團一個、預備役旅團一個、新師團二個　一部分已經編成

第四野戰軍　預備役師團一個、新師團二個編成中

第五野戰軍　預備役師團一個、新師團二個編成中

第六野戰軍　預備役師團一個、新師團二個編成中

第七野戰軍　預備役師團一個、新師團二個編成中

※其他經由徵兵開始編成輕步兵師團15個

（內容）

機甲師團二個（戰車三二二輛×二個＝六四四輛）

獨立機甲旅團一個（戰車二〇〇輛）

機械化步兵師團三個（戰車一二〇×三個＝三六〇輛）

自動車化步兵師團五個（戰車・輕型戰車一二〇×五個＝六〇〇輛）

輕步兵師團十六個（包括由預備役召集再編師團在內）

輕步兵旅團五個（包括由預備役召集再編旅團在內）

武裝警察師團五個（內容爲輕步兵師團，一部分自動車化）

新輕步兵師團二五個（大半在編成中，在後方訓練）

砲兵師團一個

砲兵旅團一個（新編成）

武裝直升機大隊（直升機三〇至四〇架）

〔主要裝備〕

主力戰車	約一四〇〇輛
T—38型戰車	二五〇〇輛
T—59型戰車	九〇〇輛
T—69型戰車	五〇輛
T—79型、T—80型、T—85型ⅡM	二〇〇輛
輕型戰車	約四〇〇輛
63型水陸兩用輕型戰車	三〇〇輛
62型輕型戰車	一〇〇輛
步兵戰鬥車	約三〇〇輛
裝甲兵員運輸車	約八〇〇輛
牽引砲	約三〇〇〇門
自動砲	約四〇〇門
多連發火箭發射機	約三〇〇座
迫擊砲	約八〇〇〇門
高射砲	約三〇〇〇門
地對空飛彈	約二〇〇座
直升機	一〇架
預備兵力	
民兵、游擊兵	約一二〇萬人

空軍

總兵力　八萬人

作戰機

航空師團　七個

（一個航空師團＝三個航空連隊。一個航空連隊＝三至四個飛行隊。三個連隊當中，一個成爲攻擊機連隊。一個飛行隊＝三個飛行小隊。一個飛行小隊戰鬥機部隊有四架，運輸機和轟炸機，由三架編成）

轟炸機師團（一個師團爲七〇架至九〇架）　三個

轟炸機	約二四〇架
中型轟炸機・轟炸6、轟炸6改良型（H—6改良型）	二八架
輕型轟炸機・轟炸5（H—5）	八〇架
對地攻擊戰鬥機	
强擊5（Q—5）	三七架
强擊5改良型（Q—5改良型）	六八架

戰鬥轟炸機	
殲轟7（JH—7）	二七架
戰鬥機師團（一個師團有七〇架至一二四架）	六個
戰鬥機	七〇八架
殲擊5（J—5）	九六架
殲擊6（J—6）	四三二架
殲擊7Ⅱ、Ⅲ（J—7Ⅱ、Ⅲ）	一四四架
殲擊8（J—8）	二四架
殲擊8Ⅱ（J—8Ⅱ）	十二架
偵察機	
偵察型轟偵5型（HZ—5）	六架
偵察型轟偵6型（HZ—6）	十二架
運輸機	一〇〇架
直升機	五〇架
練習機及其他	二〇〇架
防空師團	四個
高射砲	四〇〇〇門
獨立防空連隊	
地對空飛彈大隊	二〇個

海軍

北海艦隊基地大連、旅順，依然對北京政府效忠，而滿洲共和國軍也不急著將其佔領解放。事實上，北海艦隊全都納入青島司令部的麾下，滿洲共和國可說是無海軍狀態。

大展出版社有限公司 圖書目錄

地址：台北市北投區(石牌)
致遠一路二段12巷1號
電話：(02)28236031
28236033
郵撥：0166955～1
傳真：(02)28272069

・法律專欄連載・電腦編號 58

台大法學院 法律學系／策劃
法律服務社／編著

1. 別讓您的權利睡著了 [1] 200 元
2. 別讓您的權利睡著了 [2] 200 元

・秘傳占卜系列・電腦編號 14

1. 手相術	淺野八郎著	180 元
2. 人相術	淺野八郎著	180 元
3. 西洋占星術	淺野八郎著	180 元
4. 中國神奇占卜	淺野八郎著	150 元
5. 夢判斷	淺野八郎著	150 元
6. 前世、來世占卜	淺野八郎著	150 元
7. 法國式血型學	淺野八郎著	150 元
8. 靈感、符咒學	淺野八郎著	150 元
9. 紙牌占卜學	淺野八郎著	150 元
10. ESP 超能力占卜	淺野八郎著	150 元
11. 猶太數的秘術	淺野八郎著	150 元
12. 新心理測驗	淺野八郎著	160 元
13. 塔羅牌預言秘法	淺野八郎著	200 元

・趣味心理講座・電腦編號 15

1. 性格測驗① 探索男與女	淺野八郎著	140 元
2. 性格測驗② 透視人心奧秘	淺野八郎著	140 元
3. 性格測驗③ 發現陌生的自己	淺野八郎著	140 元
4. 性格測驗④ 發現你的真面目	淺野八郎著	140 元
5. 性格測驗⑤ 讓你們吃驚	淺野八郎著	140 元
6. 性格測驗⑥ 洞穿心理盲點	淺野八郎著	140 元
7. 性格測驗⑦ 探索對方心理	淺野八郎著	140 元
8. 性格測驗⑧ 由吃認識自己	淺野八郎著	160 元
9. 性格測驗⑨ 戀愛知多少	淺野八郎著	160 元
10. 性格測驗⑩ 由裝扮瞭解人心	淺野八郎著	160 元

11.	性格測驗⑪ 敲開內心玄機	淺野八郎著	140元
12.	性格測驗⑫ 透視你的未來	淺野八郎著	160元
13.	血型與你的一生	淺野八郎著	160元
14.	趣味推理遊戲	淺野八郎著	160元
15.	行為語言解析	淺野八郎著	160元

・婦幼天地・電腦編號 16

1.	八萬人減肥成果	黃靜香譯	180元
2.	三分鐘減肥體操	楊鴻儒譯	150元
3.	窈窕淑女美髮秘訣	柯素娥譯	130元
4.	使妳更迷人	成 玉譯	130元
5.	女性的更年期	官舒妍編譯	160元
6.	胎內育兒法	李玉瓊編譯	150元
7.	早產兒袋鼠式護理	唐岱蘭譯	200元
8.	初次懷孕與生產	婦幼天地編譯組	180元
9.	初次育兒 12 個月	婦幼天地編譯組	180元
10.	斷乳食與幼兒食	婦幼天地編譯組	180元
11.	培養幼兒能力與性向	婦幼天地編譯組	180元
12.	培養幼兒創造力的玩具與遊戲	婦幼天地編譯組	180元
13.	幼兒的症狀與疾病	婦幼天地編譯組	180元
14.	腿部苗條健美法	婦幼天地編譯組	180元
15.	女性腰痛別忽視	婦幼天地編譯組	150元
16.	舒展身心體操術	李玉瓊編譯	130元
17.	三分鐘臉部體操	趙薇妮著	160元
18.	生動的笑容表情術	趙薇妮著	160元
19.	心曠神怡減肥法	川津祐介著	130元
20.	內衣使妳更美麗	陳玄茹譯	130元
21.	瑜伽美姿美容	黃靜香編著	180元
22.	高雅女性裝扮學	陳珮玲譯	180元
23.	蠶糞肌膚美顏法	坂梨秀子著	160元
24.	認識妳的身體	李玉瓊譯	160元
25.	產後恢復苗條體態	居理安・芙萊喬著	200元
26.	正確護髮美容法	山崎伊久江著	180元
27.	安琪拉美姿養生學	安琪拉蘭斯博瑞著	180元
28.	女體性醫學剖析	增田豐著	220元
29.	懷孕與生產剖析	岡部綾子著	180元
30.	斷奶後的健康育兒	東城百合子著	220元
31.	引出孩子幹勁的責罵藝術	多湖輝著	170元
32.	培養孩子獨立的藝術	多湖輝著	170元
33.	子宮肌瘤與卵巢囊腫	陳秀琳編著	180元
34.	下半身減肥法	納他夏・史達賓著	180元
35.	女性自然美容法	吳雅菁編著	180元
36.	再也不發胖	池園悅太郎著	170元

37. 生男生女控制術　中垣勝裕著　220 元
38. 使妳的肌膚更亮麗　楊　皓編著　170 元
39. 臉部輪廓變美　芝崎義夫著　180 元
40. 斑點、皺紋自己治療　高須克彌著　180 元
41. 面皰自己治療　伊藤雄康著　180 元
42. 隨心所欲瘦身冥想法　原久子著　180 元
43. 胎兒革命　鈴木丈織著　180 元
44. NS 磁氣平衡法塑造窈窕奇蹟　古屋和江著　180 元
45. 享瘦從腳開始　山田陽子著　180 元
46. 小改變瘦 4 公斤　宮本裕子著　180 元
47. 軟管減肥瘦身　高橋輝男著　180 元
48. 海藻精神秘美容法　劉名揚編著　180 元
49. 肌膚保養與脫毛　鈴木真理著　180 元
50. 10 天減肥 3 公斤　彤雲編輯組　180 元
51. 穿出自己的品味　西村玲子著　280 元
52. 小孩髮型設計　李芳黛譯　250 元

·青春天地·電腦編號 17

1. A 血型與星座　柯素娥編譯　160 元
2. B 血型與星座　柯素娥編譯　160 元
3. O 血型與星座　柯素娥編譯　160 元
4. AB 血型與星座　柯素娥編譯　120 元
5. 青春期性教室　呂貴嵐編譯　130 元
7. 難解數學破題　宋釗宜編譯　130 元
9. 小論文寫作秘訣　林顯茂編譯　120 元
11. 中學生野外遊戲　熊谷康編著　120 元
12. 恐怖極短篇　柯素娥編譯　130 元
13. 恐怖夜話　小毛驢編譯　130 元
14. 恐怖幽默短篇　小毛驢編譯　120 元
15. 黑色幽默短篇　小毛驢編譯　120 元
16. 靈異怪談　小毛驢編譯　130 元
17. 錯覺遊戲　小毛驢編著　130 元
18. 整人遊戲　小毛驢編著　150 元
19. 有趣的超常識　柯素娥編譯　130 元
20. 哦！原來如此　林慶旺編譯　130 元
21. 趣味競賽 100 種　劉名揚編譯　120 元
22. 數學謎題入門　宋釗宜編譯　150 元
23. 數學謎題解析　宋釗宜編譯　150 元
24. 透視男女心理　林慶旺編譯　120 元
25. 少女情懷的自白　李桂蘭編譯　120 元
26. 由兄弟姊妹看命運　李玉瓊編譯　130 元
27. 趣味的科學魔術　林慶旺編譯　150 元
28. 趣味的心理實驗室　李燕玲編譯　150 元

29. 愛與性心理測驗	小毛驢編譯	130元
30. 刑案推理解謎	小毛驢編譯	180元
31. 偵探常識推理	小毛驢編譯	180元
32. 偵探常識解謎	小毛驢編譯	130元
33. 偵探推理遊戲	小毛驢編譯	130元
34. 趣味的超魔術	廖玉山編著	150元
35. 趣味的珍奇發明	柯素娥編著	150元
36. 登山用具與技巧	陳瑞菊編著	150元
37. 性的漫談	蘇燕謀編著	180元
38. 無的漫談	蘇燕謀編著	180元
39. 黑色漫談	蘇燕謀編著	180元
40. 白色漫談	蘇燕謀編著	180元

·健康天地·電腦編號 18

1. 壓力的預防與治療	柯素娥編譯	130元
2. 超科學氣的魔力	柯素娥編譯	130元
3. 尿療法治病的神奇	中尾良一著	130元
4. 鐵證如山的尿療法奇蹟	廖玉山譯	120元
5. 一日斷食健康法	葉慈容編譯	150元
6. 胃部強健法	陳炳崑譯	120元
7. 癌症早期檢查法	廖松濤譯	160元
8. 老人痴呆症防止法	柯素娥編譯	130元
9. 松葉汁健康飲料	陳麗芬編譯	130元
10. 揉肚臍健康法	永井秋夫著	150元
11. 過勞死、猝死的預防	卓秀貞編譯	130元
12. 高血壓治療與飲食	藤山順豐著	180元
13. 老人看護指南	柯素娥編譯	150元
14. 美容外科淺談	楊啟宏著	150元
15. 美容外科新境界	楊啟宏著	150元
16. 鹽是天然的醫生	西英司郎著	140元
17. 年輕十歲不是夢	梁瑞麟譯	200元
18. 茶料理治百病	桑野和民著	180元
19. 綠茶治病寶典	桑野和民著	150元
20. 杜仲茶養顏減肥法	西田博著	150元
21. 蜂膠驚人療效	瀨長良三郎著	180元
22. 蜂膠治百病	瀨長良三郎著	180元
23. 醫藥與生活㈠	鄭炳全著	180元
24. 鈣長生寶典	落合敏著	180元
25. 大蒜長生寶典	木下繁太郎著	160元
26. 居家自我健康檢查	石川恭三著	160元
27. 永恆的健康人生	李秀鈴譯	200元
28. 大豆卵磷脂長生寶典	劉雪卿譯	150元
29. 芳香療法	梁艾琳譯	160元

30. 醋長生寶典	柯素娥譯	180 元
31. 從星座透視健康	席拉・吉蒂斯著	180 元
32. 愉悅自在保健學	野本二士夫著	160 元
33. 裸睡健康法	丸山淳士等著	160 元
34. 糖尿病預防與治療	藤田順豐著	180 元
35. 維他命長生寶典	菅原明子著	180 元
36. 維他命 C 新效果	鐘文訓編	150 元
37. 手、腳病理按摩	堤芳朗著	160 元
38. AIDS 瞭解與預防	彼得塔歇爾著	180 元
39. 甲殼質殼聚糖健康法	沈永嘉譯	160 元
40. 神經痛預防與治療	木下真男著	160 元
41. 室內身體鍛鍊法	陳炳崑編著	160 元
42. 吃出健康藥膳	劉大器編著	180 元
43. 自我指壓術	蘇燕謀編著	160 元
44. 紅蘿蔔汁斷食療法	李玉瓊編著	150 元
45. 洗心術健康秘法	竺翠萍編譯	170 元
46. 枇杷葉健康療法	柯素娥編譯	180 元
47. 抗衰血癒	楊啟宏著	180 元
48. 與癌搏鬥記	逸見政孝著	180 元
49. 冬蟲夏草長生寶典	高橋義博著	170 元
50. 痔瘡・大腸疾病先端療法	宮島伸宜著	180 元
51. 膠布治癒頑固慢性病	加瀨建造著	180 元
52. 芝麻神奇健康法	小林貞作著	170 元
53. 香煙能防止癡呆？	高田明和著	180 元
54. 穀菜食治癌療法	佐藤成志著	180 元
55. 貼藥健康法	松原英多著	180 元
56. 克服癌症調和道呼吸法	帶津良一著	180 元
57. B 型肝炎預防與治療	野村喜重郎著	180 元
58. 青春永駐養生導引術	早島正雄著	180 元
59. 改變呼吸法創造健康	原久子著	180 元
60. 荷爾蒙平衡養生秘訣	出村博著	180 元
61. 水美肌健康法	井戶勝富著	170 元
62. 認識食物掌握健康	廖梅珠編著	170 元
63. 痛風劇痛消除法	鈴木吉彥著	180 元
64. 酸莖菌驚人療效	上田明彥著	180 元
65. 大豆卵磷脂治現代病	神津健一著	200 元
66. 時辰療法—危險時刻凌晨 4 時	呂建強等著	180 元
67. 自然治癒力提升法	帶津良一著	180 元
68. 巧妙的氣保健法	藤平墨子著	180 元
69. 治癒 C 型肝炎	熊田博光著	180 元
70. 肝臟病預防與治療	劉名揚編著	180 元
71. 腰痛平衡療法	荒井政信著	180 元
72. 根治多汗症、狐臭	稻葉益巳著	220 元
73. 40 歲以後的骨質疏鬆症	沈永嘉譯	180 元

74. 認識中藥	松下一成著	180元
75. 認識氣的科學	佐佐木茂美著	180元
76. 我戰勝了癌症	安田伸著	180元
77. 斑點是身心的危險信號	中野進著	180元
78. 艾波拉病毒大震撼	玉川重德著	180元
79. 重新還我黑髮	桑名隆一郎著	180元
80. 身體節律與健康	林博史著	180元
81. 生薑治萬病	石原結實著	180元
82. 靈芝治百病	陳瑞東著	180元
83. 木炭驚人的威力	大槻彰著	200元
84. 認識活性氧	井土貴司著	180元
85. 深海鮫治百病	廖玉山編著	180元
86. 神奇的蜂王乳	井上丹治著	180元
87. 卡拉 OK 健腦法	東潔著	180元
88. 卡拉 OK 健康法	福田伴男著	180元
89. 醫藥與生活㈡	鄭炳全著	200元
90. 洋蔥治百病	宮尾興平著	180元
91. 年輕 10 歲快步健康法	石塚忠雄著	180元
92. 石榴的驚人神效	岡本順子著	180元
93. 飲料健康法	白鳥早奈英著	180元
94. 健康棒體操	劉名揚編譯	180元
95. 催眠健康法	蕭京凌編著	180元
96. 鬱金（美王）治百病	水野修一著	180元

・實用女性學講座・電腦編號 19

1. 解讀女性內心世界	島田一男著	150元
2. 塑造成熟的女性	島田一男著	150元
3. 女性整體裝扮學	黃靜香編著	180元
4. 女性應對禮儀	黃靜香編著	180元
5. 女性婚前必修	小野十傳著	200元
6. 徹底瞭解女人	田口二州著	180元
7. 拆穿女性謊言 88 招	島田一男著	200元
8. 解讀女人心	島田一男著	200元
9. 俘獲女性絕招	志賀貢著	200元
10. 愛情的壓力解套	中村理英子著	200元
11. 妳是人見人愛的女孩	廖松濤編著	200元

・校園系列・電腦編號 20

1. 讀書集中術	多湖輝著	180元
2. 應考的訣竅	多湖輝著	150元
3. 輕鬆讀書贏得聯考	多湖輝著	150元

4. 讀書記憶秘訣　多湖輝著　150 元
5. 視力恢復！超速讀術　江錦雲譯　180 元
6. 讀書 36 計　黃柏松編著　180 元
7. 驚人的速讀術　鐘文訓編著　170 元
8. 學生課業輔導良方　多湖輝著　180 元
9. 超速讀超記憶法　廖松濤編著　180 元
10. 速算解題技巧　宋釗宜編著　200 元
11. 看圖學英文　陳炳崑編著　200 元
12. 讓孩子最喜歡數學　沈永嘉譯　180 元
13. 催眠記憶術　林碧清譯　180 元
14. 催眠速讀術　林碧清譯　180 元
15. 數學式思考學習法　劉淑錦譯　200 元
16. 考試憑要領　劉孝暉著　180 元
17. 事半功倍讀書法　王毅希著　200 元
18. 超金榜題名術　陳蒼杰譯　200 元

・實用心理學講座・電腦編號 21

1. 拆穿欺騙伎倆　多湖輝著　140 元
2. 創造好構想　多湖輝著　140 元
3. 面對面心理術　多湖輝著　160 元
4. 偽裝心理術　多湖輝著　140 元
5. 透視人性弱點　多湖輝著　140 元
6. 自我表現術　多湖輝著　180 元
7. 不可思議的人性心理　多湖輝著　180 元
8. 催眠術入門　多湖輝著　150 元
9. 責罵部屬的藝術　多湖輝著　150 元
10. 精神力　多湖輝著　150 元
11. 厚黑說服術　多湖輝著　150 元
12. 集中力　多湖輝著　150 元
13. 構想力　多湖輝著　150 元
14. 深層心理術　多湖輝著　160 元
15. 深層語言術　多湖輝著　160 元
16. 深層說服術　多湖輝著　180 元
17. 掌握潛在心理　多湖輝著　160 元
18. 洞悉心理陷阱　多湖輝著　180 元
19. 解讀金錢心理　多湖輝著　180 元
20. 拆穿語言圈套　多湖輝著　180 元
21. 語言的內心玄機　多湖輝著　180 元
22. 積極力　多湖輝著　180 元

・超現實心理講座・電腦編號 22

1.	超意識覺醒法	詹蔚芬編譯	130 元
2.	護摩秘法與人生	劉名揚編譯	130 元
3.	秘法！超級仙術入門	陸明譯	150 元
4.	給地球人的訊息	柯素娥編著	150 元
5.	密教的神通力	劉名揚編著	130 元
6.	神秘奇妙的世界	平川陽一著	200 元
7.	地球文明的超革命	吳秋嬌譯	200 元
8.	力量石的秘密	吳秋嬌譯	180 元
9.	超能力的靈異世界	馬小莉譯	200 元
10.	逃離地球毀滅的命運	吳秋嬌譯	200 元
11.	宇宙與地球終結之謎	南山宏著	200 元
12.	驚世奇功揭秘	傅起鳳著	200 元
13.	啟發身心潛力心象訓練法	栗田昌裕著	180 元
14.	仙道術遁甲法	高藤聰一郎著	220 元
15.	神通力的秘密	中岡俊哉著	180 元
16.	仙人成仙術	高藤聰一郎著	200 元
17.	仙道符咒氣功法	高藤聰一郎著	220 元
18.	仙道風水術尋龍法	高藤聰一郎著	200 元
19.	仙道奇蹟超幻像	高藤聰一郎著	200 元
20.	仙道鍊金術房中法	高藤聰一郎著	200 元
21.	奇蹟超醫療治癒難病	深野一幸著	220 元
22.	揭開月球的神秘力量	超科學研究會	180 元
23.	西藏密教奧義	高藤聰一郎著	250 元
24.	改變你的夢術入門	高藤聰一郎著	250 元
25.	21 世紀拯救地球超技術	深野一幸著	250 元

・養 生 保 健・電腦編號 23

1.	醫療養生氣功	黃孝寬著	250 元
2.	中國氣功圖譜	余功保著	250 元
3.	少林醫療氣功精粹	井玉蘭著	250 元
4.	龍形實用氣功	吳大才等著	220 元
5.	魚戲增視強身氣功	宮　嬰著	220 元
6.	嚴新氣功	前新培金著	250 元
7.	道家玄牝氣功	張　章著	200 元
8.	仙家秘傳袪病功	李遠國著	160 元
9.	少林十大健身功	秦慶豐著	180 元
10.	中國自控氣功	張明武著	250 元
11.	醫療防癌氣功	黃孝寬著	250 元
12.	醫療強身氣功	黃孝寬著	250 元
13.	醫療點穴氣功	黃孝寬著	250 元

14. 中國八卦如意功	趙維漢著	180 元
15. 正宗馬禮堂養氣功	馬禮堂著	420 元
16. 秘傳道家筋經內丹功	王慶餘著	280 元
17. 三元開慧功	辛桂林著	250 元
18. 防癌治癌新氣功	郭　林著	180 元
19. 禪定與佛家氣功修煉	劉天君著	200 元
20. 顛倒之術	梅自強著	360 元
21. 簡明氣功辭典	吳家駿編	360 元
22. 八卦三合功	張全亮著	230 元
23. 朱砂掌健身養生功	楊永著	250 元
24. 抗老功	陳九鶴著	230 元
25. 意氣按穴排濁自療法	黃啟運編著	250 元
26. 陳式太極拳養生功	陳正雷著	200 元
27. 健身祛病小功法	王培生著	200 元
28. 張式太極混元功	張春銘著	250 元

・社會人智囊・電腦編號 24

1. 糾紛談判術	清水增三著	160 元
2. 創造關鍵術	淺野八郎著	150 元
3. 觀人術	淺野八郎著	180 元
4. 應急詭辯術	廖英迪編著	160 元
5. 天才家學習術	木原武一著	160 元
6. 貓型狗式鑑人術	淺野八郎著	180 元
7. 逆轉運掌握術	淺野八郎著	180 元
8. 人際圓融術	澀谷昌三著	160 元
9. 解讀人心術	淺野八郎著	180 元
10. 與上司水乳交融術	秋元隆司著	180 元
11. 男女心態定律	小田晉著	180 元
12. 幽默說話術	林振輝編著	200 元
13. 人能信賴幾分	淺野八郎著	180 元
14. 我一定能成功	李玉瓊譯	180 元
15. 獻給青年的嘉言	陳蒼杰譯	180 元
16. 知人、知面、知其心	林振輝編著	180 元
17. 塑造堅強的個性	坂上肇著	180 元
18. 為自己而活	佐藤綾子著	180 元
19. 未來十年與愉快生活有約	船井幸雄著	180 元
20. 超級銷售話術	杜秀卿譯	180 元
21. 感性培育術	黃靜香編著	180 元
22. 公司新鮮人的禮儀規範	蔡媛惠譯	180 元
23. 傑出職員鍛鍊術	佐佐木正著	180 元
24. 面談獲勝戰略	李芳黛譯	180 元
25. 金玉良言撼人心	森純大著	180 元
26. 男女幽默趣典	劉華亭編著	180 元

27. 機智說話術　劉華亭編著　180 元
28. 心理諮商室　柯素娥譯　180 元
29. 如何在公司崢嶸頭角　佐佐木正著　180 元
30. 機智應對術　李玉瓊編著　200 元
31. 克服低潮良方　坂野雄二著　180 元
32. 智慧型說話技巧　沈永嘉編著　180 元
33. 記憶力、集中力增進術　廖松濤編著　180 元
34. 女職員培育術　林慶旺編著　180 元
35. 自我介紹與社交禮儀　柯素娥編著　180 元
36. 積極生活創幸福　田中真澄著　180 元
37. 妙點子超構想　多湖輝著　180 元
38. 說 NO 的技巧　廖玉山編著　180 元
39. 一流說服力　李玉瓊編著　180 元
40. 般若心經成功哲學　陳鴻蘭編著　180 元
41. 訪問推銷術　黃靜香編著　180 元
42. 男性成功秘訣　陳蒼杰編著　180 元
43. 笑容、人際智商　宮川澄子著　180 元
44. 多湖輝的構想工作室　多湖輝著　200 元
45. 名人名語啟示錄　喬家楓著　180 元
46. 口才必勝術　黃柏松編著　220 元
47. 能言善道的說話術　章智冠編著　180 元
48. 改變人心成為贏家　多湖輝著　200 元
49. 說服的ＩＱ　沈永嘉譯　200 元
50. 提升腦力超速讀術　齊藤英治著　200 元
51. 操控對手百戰百勝　多湖輝著　200 元

・精 選 系 列・電腦編號 25

1. 毛澤東與鄧小平　渡邊利夫等著　280 元
2. 中國大崩裂　江戶介雄著　180 元
3. 台灣・亞洲奇蹟　上村幸治著　220 元
4. 7-ELEVEN 高盈收策略　國友隆一著　180 元
5. 台灣獨立（新・中國日本戰爭一）　森詠著　200 元
6. 迷失中國的末路　江戶雄介著　220 元
7. 2000 年 5 月全世界毀滅　紫藤甲子男著　180 元
8. 失去鄧小平的中國　小島朋之著　220 元
9. 世界史爭議性異人傳　桐生操著　200 元
10. 淨化心靈享人生　松濤弘道著　220 元
11. 人生心情診斷　賴藤和寬著　220 元
12. 中美大決戰　檜山良昭著　220 元
13. 黃昏帝國美國　莊雯琳譯　220 元
14. 兩岸衝突（新・中國日本戰爭二）　森詠著　220 元
15. 封鎖台灣（新・中國日本戰爭三）　森詠著　220 元
16. 中國分裂（新・中國日本戰爭四）　森詠著　220 元

國家圖書館出版品預行編目資料

琉球戰爭(1) 新・中國-日本戰爭(七)/森詠著；林雅倩譯
——初版，——臺北市，大展，2000〔民89〕
259面；21公分，——（精選系列；22）
譯自：新・日本中國戰爭（第七部）沖繩戰爭
ISBN 957-557-979-8（平裝）

861.57　　88018154

琉球戰爭(1) 新・中國－日本戰爭(七)　ISBN 957-557-979-8

原著者/森　詠
編著者/林雅倩
發行人/蔡森明
出版者/大展出版社有限公司
社　址/台北市北投區（石牌）致遠一路2段12巷1號
電　話/（02）28236031・28236033
傳　真/（02）28272069
郵政劃撥/01669551
登記證/局版臺業字第2171號
承印者/國順文具印刷行
裝　訂/嶸興裝訂有限公司
排版者/弘益電腦排版有限公司
初版1刷/2000年（民89年）2月

定　價/220元

大展好書 好書大展

大展好書 好書大展